KB109656

당신이라는 시

당신이라는 시

신현림

마음산책

당신이라는 시

1판 1쇄 발행 2003년 2월 25일
1판 3쇄 발행 2004년 11월 10일

지은이 | 신현림
펴낸이 | 정은숙
펴낸곳 | 마음산책

편집 | 고은희 · 박지영   디자인 | 이지윤
영업 | 공태훈   관리 | 전현희
등록 | 2000년 7월 28일 (제13 - 653호)
주소 | 서울시 서대문구 충정로 3가 270 (우 120 - 840)
전화 | 362 - 1452 ~ 4 팩스 | 362 - 1455
홈페이지 | http://www.maumsan.com
전자우편 | maum@maumsan.com

종이 | 화인페이퍼
인쇄 | 한영문화사
제본 | 정민제본

ⓒ 2003, 신현림

ISBN 89 - 89351 - 37 - 5   03810

* 책값은 뒤표지에 있습니다.

이 책에 실린 국내 시들은 해당 시인들에게 수록을 허락받았으나, 유고 시인과
일부 외국시 · 노래가사의 경우 그 저작권자를 찾기 어려웠습니다.
해당 저작권자가 연락을 주시면 게재 허락을 받고 원고료를 지불하겠습니다.
일어권 시와 노래가사는 현인세 씨가, 불어권 시는 유병수 씨가 번역하였으며,
영어권 노래가사는 이 책의 저자가 번역하였습니다. 그외 외국 시와
노래가사도 저자가 영어 번역본의 도움을 받아 번역하였습니다.

사랑하는 어머니께 이 책을 바칩니다

이 책을 만들면서 미치도록 시를 쓰고 싶어졌다.

열애하는 심정으로 시를 읽고, 사랑하는 시 속으로 사라지고 싶었다. 사랑의 이름으로 다가오는 것 속으로 사라져 다시 태어나고 싶었다.

모래땅 가슴에 잃어버린 사랑의 감정이 되살아나기 시작했다.

나는 불행감에 휩싸여 살 때가 많았다. 그것이 바보 같은지 알면서도 말이다. 마음가짐에 따라 인간관계도, 인생도 달라진다는 깨달음을 시를 읽고 쓰며 늘 되찾는다.

시를 만나는 건 영혼에 숨을 불어넣는 사건이며 아주 작은 기적이다.

세상의 모든 것들을 당신이라는 시라 부르리.

매순간 몰입해 살면 불행감을 느낄 수 없다는 것. 불행감을 느낄 시간조차 우리에겐 없다는 사실을 깨달은 순간 가슴은 뜨거워지고, 당신들이 시로 보인다.

어느 누구라도 시로 보이는 순간이 있다.

그 순간이 삶의 절정이리라.

어떤 이는 "이 세상에 시보다 더 강한 것은 없다"라고 했다.

구약성서의 히브리 선지자들이 모두 시인이었고, 우리나라 조선시대 관리들은 모두 시를 쓸 줄 알았다. 모든 이의 가슴엔 시인이 있다. 자신의 가슴에 설명할 수 없는 기이하고 뜨거운 기분, 그리고 영감을 느낄 때가 시인의 가슴이 들어앉은 것이리라.

시에는 돈으로 살 수 없는 굉장한 것이 있다. 과학과는 다른 방법으로 우리를 현명하게 만든다. 심장으로 세계를 이해하고 마음의 눈을 간직하여 삶의 비밀을 일깨우며 우리의 감각과 감성을 예리하게 키워준다. 이외에도 시가 삶의 보물인 이유를 이 책에서 발견하리라.

나에게 시는 시인이 쓴 것만이 아니다. 「정선 아라리」처럼 멋진 시도 드물다. 팝송과 재즈 속의 노래말은 어떠한가, 가곡이나 민요, 샹송, 칸초네, 영화 속에서 만나는 좋은 노래들도 그렇다. 가슴을 울리고, 전율하게 만드는 모든 것이 시다.

유행처럼 머물다 가기 일쑤인 이 땅의 열풍이, 언제나 시를 사랑하는 미풍으로 바뀌기를 꿈꾼다. 시를 읊고, 인생의 깊이를 아는 일이 인생역전의 하나임을 믿고 싶다.

오늘, 시에 빠져버려라. 당신 삶이 바뀔 것이다.
풍요로움이 뭔지, 사랑이 뭔지 맛보리라. 슬픔의 끝에서 피어나는 눈부신 희열이 기다릴 것이다.

시를 빌려주신 시인들께 감사드린다. 출판사와 도움 준 제자, 내 아우들과 벗들에게도 깊은 감사올린다.

2003년
따뜻한 남풍을 몰고 가는 시인 신현림

차례

어느 누구라도 시로 보이는 순간이 있다.
그 순간이 삶의 절정이리라.

자나 깨나 앉으나 서나

김소월

자나 깨나 앉으나 서나
그림자 같은 벗 하나 있었습니다.

그러나, 우리는 얼마나 많은 세월을
쓸데없는 괴로움으로만 보내었겠습니까!

오늘은 또다시, 당신의 가슴속, 속모를 곳을
울면서 나는 휘저어 버리고 떠납니다그려.

허수한 맘, 둘 곳 없는 심사에 쓰라린 가슴은
그것이 사랑, 사랑이던 줄이 아니도 잊힙니다.

말이 마음에 닿으면 따뜻한 온기가 스며든다. 부를수록 아름다운 모국어. 그 단어 하나 하나가 이미지를 내밀고 감성의 구들장에 불을 피운다. 우리말의 향기와 빛깔을 이토록 잘 녹여낸 시인 김소월. 백년 이백년이 지나도 사람들은 김소월을 사랑할 것이다. 김소월 시 속의 그리움을, 사랑의 애절함을, 한국적 정서가 깃들인 리듬을. 그렇게 인생을 꿰뚫는 직관에 감동할 것이다.

이 시의 화자처럼 나도 얼마나 많은 세월을 쓸데없는 괴로움으로 보내었던가. 나의 허술함으로 부끄러워질 때, 나와 같이 부실한 사람들이 있다는 데 위안을 받고 용기를 얻는다.

밤

김소월

홀로 잠들기가 참말 외로와요
맘에도 사무치도록 그리워와요
이리도 무던히 아주 얼굴조차 잊힐 듯해요.

벌써 해가 지고 어둡는데요,
이곳은 인천에 제물포, 이름난 곳,
부슬부슬 오는 비에 밤이 더디고
바닷바람이 춥기만 합니다.

다만 고요히 누워 들으면 다만 고요히 누워 들으면
하이얗게 밀어드는 봄밀물이
눈앞을 가로막고 흐느낄 뿐이야요.

어디론가 떠나려 할 때 전화 걸고 싶은 사람은 몇이나 될까? 많을 것 같지만. 막상 함께 떠나줄 사람은 참 드물다는 생각을 해본다. 세월이 가면 옛사랑도 덧없다. 그러면서도 왜 가슴 두근대는 사랑을 꿈꾸게 되는지……. 그냥 서글플 때가 있다. 김소월의 시 「밤」의 외로운 심사는 누구나 느껴봤을 것이다. 참 아름답고도 구슬픈 노래가 피처럼 스민다. 외로움의 독가스가 배출되는 인생이라는 공장. 이곳을 견디기 위해 김소월이 필요하다.

어째서 헝가리의

이와다 히로시

어째서 헝가리의 음악을 들으면 슬퍼지는가
나는 스위치를 껐다
곧 라디오는 검어지고
방이 밝아진다
아침의
커튼과
바람과
수돗물 소리
간밤은
그대가 벗어버린 옷처럼
끝났다 내가 스위치를 넣으면
다시금 헝가리 음악이 시작되고
간밤이 온통 몰아닥치리라
참혹하게
나는 끊는다
내가 이어지는 것은
간밤에 내가 쓰러진 땅바닥처럼
이어지는 것 멀리 보이는 느티나무처럼
이어지면서 시작되는 것 꽃바구니의 꽃처럼

이어지면서 끝나는 것
또하나의 것
침대에서
자는
그대의 흰 젖가슴
그대의 부드러운 몸

내가 기억하는 헝가리 음악은 〈글루미 선데이〉였다. 음악이
얼마나 슬펐으면 그 많은 사람들을 자살로 이끌었을까? 그러면
시인 이와다 히로시가 들은 헝가리 음악은 무엇이었을까.

스위치를 끄면 저무는 슬픔과 스위치를 켜면 다시 이어지는
슬픔. 그 속에서 저 멀리 느티나무와 꽃바구니의 꽃이 이어지면
서 저문다. 벗은 몸, 빛나는 그대의 아름다움도 어느 날 빨갛게
저물어 버리겠지. 이어질 듯 말 듯하면서 끝내 스위치가 꺼져버
리는 관계와 관계, 인생이란 적산가옥. 하지만 애인의 숨결로
따뜻한 이 밤, 감미로운 이 시간.

사랑의 기원

〈헤드윅〉 중에서

대지는 아직 평평했고, 구름이 불타던 시절
산맥은 하늘까지, 가끔은 그보다도 높게 뻗은 시절에
커다란 술통이 굴러다니듯 사람들은 대지를 떠돌았네.
두 쌍의 팔과 두 쌍의 다리,
하나의 큰 머리에 두 개의 얼굴을 가졌지.
그래서 사방을 한꺼번에 보았고,
읽으면서 말할 수 있었네.
그들은 사랑에 대해 아무것도 몰랐어.
사랑의 기원 전이었으니.

사랑의 기원.

그때는 세 개의 성性이 있었는데
하나는 두 남자가 등이 붙은 모양으로 태양의 아이라고 불
렸지.
지구의 아이 역시 두 여자가 하나로 합쳐진 모습이었어.
달의 아이들은 숟가락에 포크가 겹친 모양으로
한쪽은 태양 한쪽은 지구, 다시 말해 딸과 아들이었어.

사랑의 기원

어느 날 신들은 인간의 힘과 반항에 무척 겁을 먹었지.
그때, 토르가 말했어.
"거인족을 죽였듯 내 망치로 전부 없애리라."
그러자 제우스가 말했지.
"아냐, 내게 맡겨. 고래의 발을 자르고 공룡을 잘라 도마뱀
을 만들었듯 내 번개를 가위처럼 쓸 테니까" 하며 몇 개의 벼
락을 집어들고 크게 웃으며 이렇게 말했어.
"딱 중간을 쪼개주리라. 정확히 반쪽으로 잘라주리라."

그리고는 폭풍이 모여 커다란 불덩이가 되었어.
그리고 불이 벼락이 되어 내리쳤지. 마치 예리한 칼날처
럼!
그 불이 태양과, 달과, 지구의 아이들을 찢고 뜯어버린
거야.
그후 한 인도의 신이 그 상처를 꿰매어 배 쪽으로 옮겼어.
언제나 우리가 치른 대가를 기억하게 했지.
오시리스와 나일강의 신들은 폭풍우를 몰고 와 태풍 불게

하여
조수의 파도가 넘치는 바다로 우리를 전부 쓸려가게 했어.
다시 우리가 까불면 신들이 또 한번 없애버릴 거야.
그러면 한 발로 뛰고 한 눈을 통해 세상을 보게 되겠지.

마지막으로 널 봤을 땐 우리가 막 둘로 갈라질 때였어.
넌 날 바라보았고 난 널 바라보았지.
친밀한 느낌이었지만 난 알아보지 못했어.
네 얼굴엔 피가 묻었고 내 눈엔 피가 묻었기 때문이지.
하지만 네 표정을 보니
네 영혼 깊은 상처는 내 영혼의 상처와 같았어.
그게 바로 상처야, 심장을 직선으로 관통하며 베는 상처.
그 상처를 우린 사랑이라 하지.
그래서 우린 서로 팔 벌려 감싸안았지.
다시 하나가 되고 서로의 몸에 서로를 집어넣고
사랑을 만들었어, 사랑을 만들었지.
그때는 오래 전 아주 춥고 어두운 저녁이었지.
제우스의 전지전능한 시절.
그건 우리가 어떻게 외로운 두발짐승이 됐는지에 대한 슬픈 이야기.

사랑의 기원에 대한 이야기, 사랑의 기원.

원곡명 「The Origin of Love」.

"연인들은 우연히 만나는 것이 아니다. 시작부터 이미 서로의 마음속에 존재한다—루미." 이런 금언을 보면 인생이 무척 의미심장해진다. 록스타를 꿈꾸는 트랜스 젠더의 삶을 다룬 영화 〈헤드윅〉의 주제곡 「사랑의 기원」을 듣고서도 이와 같은 감정을 느낀다. 플라톤의 『향연』에서 영감받은 가사를 보면 더 그렇다.

'슈렉'의 귀처럼 안테나를 세우고 운명의 상대를 기다리던 사람. 드디어 만난 연인이 곁에 닿을락 말락하는 것만으로도 행복하다. 큰일이 저질러질 듯한 기분에 외로움도 사그라든다. 다들 운명적인 연애를 하지 않으면 안되는 병에 걸렸다. 서로의 상처를 보듬어야만 낫는 병. 세상은 그런 아픈 사람들이 만나는 사랑의 응급실이다.

기러기 날듯 즐겁고
이보다 아름다울 수 없나니

『금병매』 중에서

은쟁銀箏은 가을 기러기 날아가듯

옥피리 소리는 꾀꼬리를 희롱하듯

머리 위에는 비취 비녀 밝게 빛나고

술은 유리잔에서 넘치는구나.

소매를 잡고 술잔을 건넬 적에

비단 속의 손은 하얗기만 하구나.

서리를 맞은 귤의 맛도 좋은데

눈으로 끓인 차의 맛 기막히구나.

분위기가 더 무르익으니

술도 더 취하며 정도 깊어만 가는구나.

술좌석이 끝나도

밤이 깊도록 즐거움은 끝나지가 않는구나.

강태권 옮김

아아, 탄성을 질렀다. 『금병매』에 실린 이 시를 보고 그만…… 가을 기러기, 비단 속의 손, 옥피리 소리, 가늘게 떨리면서 글자들이 날아오를 듯하였지. 흰 눈으로 끓인 차라니! 산성비 산성눈 내리는 시대에 마음으로 떠올린 이미지만으로 가슴이 아릴 정도로 아름다웠다. 그런 분위기 속에서 사랑이 어찌 그칠 수가 있을까.

그의 몸이 뜨겁다. 너의 몸도 난로구나. 멀리 숨어 상상하는 그대 몸도 내 몸도 뜨끈뜨끈 난로구나. 사랑도 전염되는구나.

낙양에 꽃이 피고 양원에 달이 뜨는데

『금병매』 중에서

낙양에 꽃 양원에 달
좋은 꽃은 살 수도 있고 밝은 달은 빌릴 수도 있네.
난간에 기대어 꽃을 보니 만발하네.
술을 들어 달에게 묻노니 언제부터 둥글었는지
달은 찼다가 기울고 꽃은 피었다가 지는데
인생에서 가장 괴로운 것은 이별이라네.
꽃은 져도 봄은 다시 오고
달은 기울어져도 가을은 오지만
사람은 한번 가면 언제 다시 오려나.

강태권 옮김

'사람이란 곁에서 오래 두고 보지 않으면 저절로 잊게 되는 법'이란 『삼포 가는 길』의 한 대목은 살면서 누구든 실감할 것이다. 그러나 이별 후 몇 달은 그야말로 죽을 맛이란 얘기들도 한다. 이별의 아픔을 노래한 이 시 뒷부분이 특히 가슴을 친다. '꽃은 져도 봄은 다시 오고 달은 기울어져도 가을은 오지만' 한번 간 사람은 오지 않는다는 인간사. 언젠가 중국을 여행할 기회가 온다면 꼭 낙양에 들러 달에게 묻고 싶다. 인생에서 가장 괴로운 것이 무엇인지를.

정선 아라리

구전민요

아리랑 아리랑이 얼마나 좋은지
밥 푸다 말고서 어깨춤춘다

한짝 다리 덜렁 들어서 부산 연락선에 얹고서
고향산천을 뒤돌아보니 눈물이 뱅뱅 돈다

우리 조선이 잘될라고서 나라님이 나시고
못난 여성 잘날라고 화장품이 생겼죠

곤들래 맨들래 늘어진 골에 당신은 나물 뜯고
나는 꼴 비며 단둘이나 가자

우리야 연애는 솔방울 연앤지
바람만 간시랑 불어도 똑 떨어진다

바늘같이 약한 이 몸에 매를 대지 마시고
사흘에 한번씩 날 타일러주세요

네 팔자나 내 팔자나 이불 담요 갈겠나

마틀마틀 장석자리에 깊은 정 들자

앞남산의 실안개는 산허리로 돌고요
정든임 두 팔은 내 허리를 감는다

네가 죽던지 내가 죽던지 무슨 야단 나야지
새로든 정부네 뼈골이 살짝 녹는다

우리가 살면은 한오백년을 사나
남 듣기 싫은 소리는 하지를 맙시다

못살겠구나 못살겠구나 나는 못살겠구나
님이 그립고 금전이 그리워 나는 못살겠구나

二, 三, 四月 긴긴 해는 점심 굶어 살아도
동지섣달 긴긴밤이야 님 그리워 못살겠네

서산에 지는 해는 지고 싶어 지나
정들이고 가는 님은 가고 싶어 가나

부모 동기 이별할 때는 눈물이 찔끔 나더니
그대 당신을 이별하자니 하늘이 팽팽 돈다

간다는 갈왕往자는 당신이 가지고 가고
오신다는 올래來자는 내게 두고 가소

아리랑 고개에다가 정거장을 짓고
정든임이 오실때를 기다려주네

『정선 아리리 그 삶의 소리, 사랑의 소리』에서

당신이 보고 싶다. 님이 그리워 못 살겠다는 이 솔직한 노래
말이 얼마나 이쁘고 강한가. 이렇게 통속적인 말이 기발한 비
유와 만나 시로 빛난다. 우리말의 생생함이 마음을 안고 날아
오른다.

7년 전 정선을 여행하면서 사온 테이프「정선 아라리」를
듣고 또 듣고……. 얼마나 좋은지 나는 전율했었다. 토착적
상상력의 위대한 힘. 바로 구전된 민중의 육성인 것이다. 입
에서 입으로 전해온 우리의 아라리가 노래 부려질 때마다 내
안의 깊어가는 강물소리를 듣는다.

사랑노래 · 셋

김정환

먼 데서 가까운 데서
비오듯 태양이 타네요
찌는 듯한 더위를 저에게 주셔요
8월도 한나절 어느 한많은 광복절 같은
기쁨의 절정을 저에게 주셔요
그대가 또한 제게 바랐던 것은
아픔의 절정, 깨달음의 절정, 만남의 절정, 분단되어 있음
의 절정
그리고 참음의 절정이었겠으나
지워지지 않아요 그대를 만난 여름, 자갈밭 뜨거운 땡볕.
제 끝에 묻은 채로 있을 그대의 신선한 입김은
그리고 제 발목에 새겨진 샌달 끈 자욱
그대는 혹시 몹시 지루해도 하실 겨울 해 긴긴 밤을 내내
제가 저 혼자 남은 온기로 지워내야 하듯이
부서지지 않아요 그대가 제게 빼앗겨버린
그대의 은밀한 신음이 밴 공기는
태양이 타는데
먼데서 가까운 데서 태양이 타네요
찌는 듯한 불볕 더위를 저에게 주셔요

그 활활 타오름의 세례를 저에게 주셔요

그대와 다시 만날 눈물 뒤범벅

아아 가르쳐 주셔요 그대

앙칼진 사랑의 무기를

태양이 타는데

그대와 진정 다시 만날 수 있도록

살아 있는 최고의 시간을 꿈꾸는 근사한 시. 사랑을 꿈꾸는
데는 특별한 감각이 필요한지도 모른다. 이별 이후에 다시 꿈
꾸는 만남, 뜨거운 재회, 몸을 잇고, 마음을 잇는 인연의 절
정. 사랑은 영원에 가닿고 싶겠지. 마치 분단된 국토가 하나
가 되어 모두가 눈물 범벅이 될 기쁨의 절정을 누리고 싶겠
지. 그 간절한 꿈을 고이 간직하면 언젠가 사랑이 되돌아오기
도 하겠지.

홀로

빅토르 하라

바람 속에서 난 사랑을 찾네.
기억 속에 엉켜 남겨진 사랑

난 잊혀진 사랑을 찾네.
늪 속의 나무처럼 내 삶은 죽어가네.
그리고 난 혼자이네.

새벽이 오자 넌 한순간에 안녕을 고하고 떠나갔지.
그리고 내 눈은 흐려졌네.
너의 눈을 바라보지 않으려.

어둠 속에서 난 사랑을 찾네.
이 밤 별들의 삶이 살아내었던 사랑

난 잊혀진 사랑을 찾네.
내 삶은 죽어가고 있어 늪 속의 나무처럼.
그리고 난 혼자야.

새벽이 오고 한순간에 넌 작별을 고하고 떠나가버렸네.

그리고 내 눈은 흐려졌네.
너의 눈을 바라보지 않으려.

원곡명 「Solo」, 빅토르 하라는 칠레의 민중가수

처절한 외로움으로 조금씩 썩어간다는 기분, 느껴본 적이 있는지? 썩어가기 전에 의식은 먼 곳으로 이동을 한다, 본능적으로. 으스스한 데이빗 린치의 영화를 볼 때처럼 몸서리를 치면서 부패한 자신을 어느 한적한 바닷가에 묻고 돌아온다. 마치 창문을 열었다 닫듯이. 한 겹 두껍게 썩은 자신을 버리고, 고요히 또다른 자신과 마주하는 것이다. 새롭게 옷을 입은 자신을 더듬으며 손끝에 닿는 맑은 감촉을 통해 비로소 타인의 존재와 사랑의 가치를 알게 된다. 소중했던 누군가 떠나고 혼자 남았을 때, 절망하기 전에 마음의 상처로 인해 자신이 성장할 수 있음을 기억하라.

나는 믿는다

오재철

나는 믿는다.

꽃이 변하고, 금속이 변하고, 유행이 변하고, 독재의 목소리가 변한다는 것을

나는 믿는다.

간통한 남녀와 탈세한 재벌과 무지한 교육자와 불의한 정객과 그들 내통한 자들의 목소리가 변한다는 것을

나는 믿는다.

인구밀도가 변하고, 언어가 변하고, 이념이 변하고, 지도가 변하고, 세계의 목소리가 변한다는 것을

나는 믿는다.

그러나 당신이 내 가슴에 새기고 간 몇 음절의 사랑의 말, 그것만 영구히 변치 않음을

나는 믿는다.

내가 재수할 때 노트에 옮겨 적은 시다. 희미한 기억 속에서
나마 떠오르는 울림. 아마 한순간에 반한 시였으리. 누가 나에
게 이런 시 한 편 써주면 얼마나 기쁠까 소망하면서 간직한 시.
미래의 연인에게 주고 싶어 소중히 여긴 시다. 이 시를 계속 맘
속에 지니고 있으면 내가 늙지 않을 것 같다. 늘 사랑할 수 있
는 자가 늙지 않듯이. 그러면 사랑이 뭘까? 단지 변하지 않는
걸까? 어디선가 읽은 사랑에 대한 얘기를 사탕처럼 빨아본다.
알사탕처럼 굴려본다.

▫ 사랑이란 어떤 남자애에게 너의 셔츠가 이쁘다고 말했을 때 그가
그 셔츠를 매일 입고 오는 거예요.
▫ 사랑이란 엄마가 아빠를 위해 커피를 끓인 후 아빠에게 드리기 전
에 한 모금 맛을 보는 거예요.
▫ 사랑이란 한 소녀가 향수를 바르고, 한 소년이 에프터 쉐이브를 바
른 후 만나서 서로의 향기를 맡는 거예요.
▫ 사랑할 땐 속눈썹이 올라갔다 내려갔다 해요! 작은 별들이 내 안에
보여요.

당신과 나

제시 그리어

당신과 나, 둘뿐이에요.
사랑을 속삭일 아늑한 장소를 찾도록 해요.
우리 둘뿐이에요.
이 기회를 기다렸답니다.
아, 나의 괴로움은 당신 때문이에요.

당신의 매력은 무엇을 위해서죠?
나의 팔은 무엇을 위해서구요?
좀 상상력을 가져봐요!

당신과 나 두 사람뿐이에요.
너무나 좋아하는 당신을
사랑의 끈으로 칭칭 감아버리겠어요.

원곡명 「Just You, Just Me」, 재즈곡

오, 내 사랑. 나한테 딱 걸렸어. 먼 데까지 갈 필요 없어요.
지쳤을 때 내게로 오세요. 당신을 위해 준비한 것들이 있어요.
나만의 풍부한 감성, 실크 스카프같이 펼쳐지는 부드러운 미
소, 따뜻한 물같이 젖어드는 손길, 탄력 넘치는 사랑의 끈.

엄청나게 행복해지고 싶어요.

날 위한 당신의 누드가 보여요.

사랑의 때란 지금밖에 없잖아요.

오월 편지

도종환

붓꽃이 핀 교정에서 편지를 씁니다
당신이 떠나고 없는 하루 이틀은 한 달 두 달처럼 긴데
　당신으로 인해 비어 있는 자리마다 깊디깊은 침묵이 앉습
니다
당신 있는 그곳에도 봄이면 꽃이 핍니까
꽃이 지고 필 때마다 당신을 생각합니다
어둠 속에서 하얗게 반짝이며 찔레가 피는 철이면
더욱 당신이 보고 싶습니다
사랑하는 사람을 잃은 사람은 다 그러하겠지만
오월에 사랑하는 사람을 잃은 이가 많은 이 땅에선
찔레 하나가 피는 일도 예사롭지 않습니다
이 세상 많은 이들 가운데 한 사람을 사랑하여
오래도록 서로 깊이 사랑하는 일은 아름다운 일입니다
그 생각을 하며 하늘을 보면 꼭 가슴이 메입니다
얼마나 많은 이들이 서로 영원히 사랑하지 못하고
너무도 아프게 헤어져 울며 평생을 사는지 아는 까닭에
소리내어 말하지 못하고 오늘처럼 꽃잎에 편지를 씁니다
소리없이 흔들리는 붓꽃잎처럼 마음도 늘 그렇게 흔들려

오는 이 가는 이 눈치에 채이지 않게 또 하루를 보내고
돌아서는 저녁이면 저미는 가슴 빈자리로 바람이 가득가득
몰려옵니다
뜨거우면서도 그렇게 여린 데가 많던 당신의 마음도
이런 저녁이면 바람을 몰고 가끔씩 이 땅을 다녀갑니다
저무는 하늘 낮달처럼 내게 와 머물다 소리없이 돌아가는
사랑하는 사람이여

피터 한트케의 소설 『낯선 자』에 보면 "사람과 교류가 없이는 내게 세상은 잠겨 있는 것이다"라는 구절이 있다. 이 구절에 목이 메인 때가 있었다. 아는 이도 없고, 어느 누구 하나 날 불러주는 이도 없던 때였다. 시절은 군부정권, 억울하게 죽어간 사람들로 오월은 하염없이 슬프고 불안했었다. 찔레꽃 하나가 피는 일도 예사롭지 않다는 시인의 말처럼 지금도 사람과 사람 사이에 참된 인연의 꽃 하나 피워내기 쉽진 않다. 이 시를 읽고 오랜 옛 친구에게 내 책과 엽서를 띄웠다. 사는 동안 아프게 헤어져 살지 않으리라 다짐하면서.

우울한 상송

이수익

우체국에 가면
잃어버린 사랑을 찾을 수 있을까
그곳에서 발견한 내 사랑의
풀잎 되어 젖어 있는
비애를
지금은 혼미하여 내가 찾는다면
사랑은 또 처음의 의상으로
돌아올까

우체국에 오는 사람들은
가슴에 꽃을 달고 오는데
그 꽃들은 바람에
얼굴이 터져 웃고 있는데
어쩌면 나도 웃고 싶은 것일까
얼굴을 다치면서라도 소리내어
나도 웃고 싶은 것일까

사람들은
그리움을 가득 담은 편지 위에

애정의 핀을 꽂고 돌아들 간다
그때 그들 머리 위에서는
꽃불처럼 밝은 빛이 잠시
어리는데
그것은 저려오는 내 발등 위에
행복에 찬 글씨를 써서 보이는데
나는 자꾸만 어두워져서
읽질 못하고,

우체국에 가면
잃어버린 사랑을 찾을 수 있을까
그곳에서 발견한 내 사랑의
기진한 발걸음이 다시
도어를 노크
하면,
그때 나는 어떤 미소를 띠어
돌아온 사랑을 맞이할까

조금씩 잃어버리는 게 삶이고, 잃는 것에 대해 두려워하지
말자고 다짐을 되풀이하는 게 삶일 텐데, 마음은 여려서 자꾸
상실한 것에 매이고 만다.

　얼마 전에도 모자를 잃어버렸다. 잠시 벗어둔 사이 사라져버
렸다. 혹시나 하여 지나온 곳을 다시 찾았다. 은행, 병원, 우체
국을 다 뒤져도 모자를 찾을 수 없어, 기어이 새 모자를 다시
장만했다. 두 개씩이나. 그래도 가슴 한켠이 내내 허전했다. 새
로 구입해도 잃어버린 물건이 될 수 없기 때문이다. 사랑도 마
찬가지. 잃어버린 사랑을 찾는 이의 눈이 슬픔으로 깊고 어두
워진다.

밤하늘

야마구치 요코

그녀는 어디에 있는지.
별하늘이 이어지는 저 동네일까.
가늘고 높은 휘파람 소리가
살며시 사랑의 상처에 스며든다.
아아— 단념한 사랑이라 더욱 보고 싶어라.
한 번 더 보고픈데 밤에는 항상 혼자뿐

돌아오라고
흐르는 별에 살짝 불러보지만
아무도 대답하지 않네.
흰꽃이 떨어질 뿐
아아, 닿지 않는 꿈이므로 더욱 쓸쓸하구나.
쓸쓸한 이 가슴 밤하늘은 멀리 끝이 없네.

원곡명 「夜空」

나무를 대패로 긁어내릴 때 꾸불꾸불 흘러나오는 대패밥 같은 게 사랑이 아닐까. 미련한 사람에게 유난스레 길게 남는 미련 같은 거. 지난 일을 떠올리며 당시에는 몰랐던 사랑의 소중함을 알게 된 순간에 대패밥처럼 흘러내리는 눈물.

그러나 옛 연인은 다 잊고 잘 살고 있을 것이다. 나 없어도 잘 돌아가는 세상처럼.

눈물

X-재팬

어디로 가면 좋을까 당신과 헤어지고
지금은 지나간 시간에 물었지.
기나긴 밤 여행을 꿈꿨어.
이국의 하늘 바라보며 고독을 가슴에 품었어.
흘러내리는 눈물을 세월의 바람에 실어서
끊임없는 당신의 숨결을 느끼며

외로움과 당신의 고요한 속삭임
이 밤 흐르는 눈물의 강을 채우지.
날 울리지 말아요 그대
그대여 안녕이라고 말하지 말아요.
때때로 우리의 눈물은 사랑을 뒤덮고
우린 그동안 우리의 꿈을 잃어버려
그러나 결코 당신의 영혼을 운에 맡겼다고 생각하지 않았어요.
당신이 날 홀로 남기리라고 결코 생각하지 않았어요.

비에 흐르는 시간은 나를 자유롭게 해.
그대의 기억은 시간의 모래 속에 남을 거예요.

사랑은 계속되지 않아요.

그대의 굳어버린 가슴속에 살아 있어요.

흘러내리는 눈물을 세월의 바람에 실어서

끊임없는 슬픔을 파아란 장미로 바꾸어

흘러내리는 눈물을 세월의 바람에 실어서

끊임없는 그대의 숨결을 느끼며

원곡명 「Tears」, X-재팬은 일본의 록밴드

"거기에 앉아 뭐 하니?"

"나를 위한 사내를 기다리고 있어요."

텅 빈 공간을 울리는 후배의 목소리가 종소리처럼 울려퍼졌다. 햇빛이 비쳐든 그녀의 눈에 생기가 있었다. 그리워하고 기다리는 감정 속에만 깃들이는 생기. 그녀와 이어질 사내의 모습을 그리며 역시 사람의 가장 흔한 고민은 연애문제임을 절감한다. 꿈속에 사는 게 사랑이라면, 꿈에서 깨어나는 게 이별이 아닐까.

"내가 좋아하는 사람은 항상 떠나요."

후배의 말이 애절하게 젖어든다. 깨진 유리잔은 되살리지 못하지만 새 유리잔은 살 수 있다. 애인이 떠날 때 떠나더라도 꿈속에서 사는 게 낫지. 아무 것도 없는 것보다야 낫지.

4월을 기억하며

『사랑에 관한 짧은 기억』 중에서

언제나 석양 속에 서 있는 것 같아.
쓸쓸한 나날들
우리들이 함께 한 모든 것들에게 이별을 고하는 나날들
깊은 한숨만이 남아 있는 나날들
나는 지금
둘이서 자주 걷던 가로수 밑에 혼자 서 있네.
꽃피는 4월을 기억하며 그리워하네.
어디에선가 향기가 피어오르는 것 같아.
아주 조금이지만 기운이 나지.
나는 꽃이 필 무렵, 그녀의 사랑을 받는 것만으로 만족했다네.
무리도 아니지.
그녀의 입술은 부드럽고 따뜻했으며
계절도 우리들도 반짝이고 있었다네.
하지만 언젠가 가을이 온다는 것과
그 슬픔도 무서워하진 않아.
불꽃은 다시 한번 크게 타오르고
언젠가는 재로 변해버리겠지.
아름다운 시간의 허무함을 알아버린 때에는
더 이상 아름다운 시간은 존재하지 않아.

혼자가 된다는 것이 이렇게 외로운 것이라고
혼자가 되기 전까지는 알지 못했네.
하지만 나는 꽃피는 4월을 기억하네.
그 향기가 미소를 낳지.
서글픈 미소……

무라카미 류 소설『사랑에 관한 짧은 기억』에 수록된 재즈곡

6년 넘게 나는 일만 하며 살았다. 그렇지 않고선 생존할 수 없었으므로. 사랑, 남자, 다 접어두고, 펜과 책에만 내 삶을 기대어 살았다. 그런데 작년 봄, 난데없이 봄을 타는 것이다. 처음 경험해보는 것이라 어쩔 줄 몰라했다. 타오르는 그 어떤 격정이 남아 있다는 건 아직 젊다는 증거인데, 반가웠지만 거추장스러웠다. 꽃이 피고 질 때마다 가녀린 비명이 터져나왔다. 떨어지고, 휘날리고, 사라지는 건 어쨌든 슬픈 거다. 견디기 힘든 거. 벚꽃잎 훨훨 날리던 어느 날, 답장 없는 지인들의 메일 주소는 다 날려버리고, 소식 없는 우정의 식탁은 다 거둬버렸다. 받으면 마음 줄 줄 아는 소중한 사람들과 수다를 나누고, 주로 도서관에서 4월을 견디던 어느 날, 나는 나를 위해 몸단장을 하고, 동대문 시장을 헤매었다. 참으로 실성한 여자가 따로 없었다. 지난해 4월의 생존법이었다.

참 좋은 당신

김용택

어느 봄날
당신의 사랑으로
응달지던 내 뒤란에
햇빛이 들이치는 기쁨을
나는 보았습니다
어둠 속에서 사랑의 불가로
나를 가만히 불러내신 당신은
어둠을 건너온 자만이
만들 수 있는
밝고 환한 빛으로
내 앞에 서서
들꽃처럼 깨끗하게
웃었지요
아,
생각만 해도
참
좋은
당신.

어떻게 우리는 만나게 되었을까. 어떻게 친구가 되고, 연인이 되고, 가족이 되었을까. 흘러가다 문득 가족과 친구, 연인이 낯설고 신비로울 때가 있다. 가족이라 이름 붙임으로써, 친구나 연인이 됨으로써 우리는 떨어질 수 없다. 몸은 멀리 떨어져 있어도 마음은 항상 함께한다는 것, 정말 삶의 신비가 아닐 수 없다. 그 신비로움이 인생을 더 생동감 있게, 고맙게 하는 것이리. 생각만 해도 마음이 따뜻해지는 참 좋은 시인의 참 좋은 노래.

사랑한다는 것

안도현

길가에 민들레 한송이 피어나면
꽃잎으로 온 하늘을 다 받치고 살듯이
이 세상에 태어나서
오직 한 사람을 사무치게 사랑한다는 것은
이 세상 전체를
비로소 받아들이는 것입니다
차고 맑은 밤을 뜬눈으로 지새우며
우리가 서로 뜨겁게 사랑한다는 것은
그대는 나의 세상을
나는 그대의 세상을
함께 짊어지고
새벽을 향해 걸어가겠다는 것입니다

쉬운 말로 씌어져 있지만 읽을수록 깊다.

누군가를 사랑한다는 건 책임이 따르기에 결코 가벼울 수 없다. 사람과 사람이 연인이 되어 잘 흘러가는 것 또한 쉽지 않다. 사랑의 굴곡으로 인해 때로 정은 떨어지는 듯하지만 쌓여가는 거다. 사랑할 각오가 된 자는 이미 그 안에서 자유를 맘껏 누릴 것이다.

급류

툴리오 파네

골짜기의 낡은 다리 위에서 나는 당신을 기다린다.
냇물을 바라보며 몸이 떨리는 걸 느낀다.
급히 흐르는 물처럼 당신은 내 곁을 스쳐 지나가겠지.
당신은 나에게 영원한 사랑과 성실을 맹세해놓곤
지금 동정의 빛조차 없이 나를 피하고 있다.
소용돌이치며 흘러가는 급류처럼
왜, 왜 당신을 찾아 헤맬까.
왜 나는 당신을 부르는 걸까.
왜 내 마음은 당신을 잊을 수 없는 걸까.
메마른 나의 입술은 당신을 애타게 그리고 있어.
당신만이 그 갈증을 풀어줄 수가 있는 거야. 급류의 물처럼.
당신은 마치 급류처럼 지나쳐 내 곁에서 멀리 가버리지.
당신은 마치 지나는 길에 나를 채어가는 물 같지.
그러나 내 팔은 당신을 붙잡을 수 없어.
급히 흐르는 물은 누구에게도 붙잡힐 수 없는 것.
어디든지 당신이 가는 곳으로 나도 따라가리다.
당신이 길을 헤맨다면 나도 함께 헤매리다.

원곡명 「IL Torrente」, 칸초네

'사람들은 단순해서 지나치게 사랑하든가, 충분히 사랑하지 않는다'는 말이 생각나는 노래다. 이어질 듯하면서 이어지지 않는 인연. 잡힐 것 같으면서도 잡히지 않는 사람. 계곡물처럼 재빨리 내빼는 사람. 이런 '급류성 애인'은 손 닿는 것마다 물로 만들어버린다. 쌓아논 애정도 물이 되어버린다. 그러면 나는 이렇게 말하고 싶다. '계속 열심히 그를 좇다가 적당한 시기에 손을 놔버려. 그러면 이번엔 그가 쫓아올지 모르니까.'

엽서, 엽서

김경미

단 두 번쯤이었던가, 그것도 다른 사람들과 함께
그저 밥을 먹었을 뿐
그것도 벌써 일년 혹은 이년 전인가요
내 이름이나 알까 싶으니 모르는 사람이나 진배없지요
그러나 가끔 쓸쓸해서 텅 빌 때
왠지 저절로 꺼내지곤 하죠
가령 이런 이국하늘밑 좋은 그림엽서 보았을 때
내겐 우표만큼의 관심도 없을 사람을
아득히 멀리 있음에 상처의 불안도 없이
마치 애인인양 그립다 쓰지요
당신, 끝내 그렇게 사랑받고 있음을 영영 모르겠지요
몇 자 적다 이 사랑 내 마음대로 찢어
저 낯선 강에 버릴 테니까
불쌍한 당신, 버림받은 것도 모르고
밥을 우물대고 있겠죠
나도 혼자 밥을 먹다 외로워지면 생각해요
나 몰래
나를 꺼내보는 사람도 혹 있을까
나도 모르게 그렇게 행복할 리도 혹 있을까 말예요

살면서 무수히 택시를 탔지만 한번도 똑같은 택시기사를 만난 적이 없다. 그렇게 한번 가면 다시 만날 수 없는 게 사람과의 인연이라 생각해왔다. 다시 연락하고 싶어도 혹시 거부당하지나 않을까, 이미 마음이 예전 같지 않을까 두려워 연락하기가 쉽지 않다. 그러다 우연한 자리에 천천히 마음을 끄는 사람도 새로 만날 수 있으리. 어딘가 향수를 자아내는 사람을. 어쩌다 받은 명함 있으면 엽서에 당신을 만나고 싶다고 쓰고도 싶겠지. 만나 당신 얘기 듣고 내 얘기도 하고 싶다고. 전화를 걸거나 메일을 보내고 싶어 한참 망설이겠지. 그러다 부질없다는 생각에 명함도 찢고 메일도 지우고 말겠지. 잘만 하면 뭔 일이 생길 수도 있었는데……

나는 패배자

비틀즈

나는 패배자, 비참한 패배자라네.
겉모습과 반대로

지금까지 많은 사랑을 경험했지만
이 사랑만큼은 그냥 지나칠 수 없었어.
그녀는 정말 멋진 여자였어.
하지만 최후의 승리자는 결국
그녀란 사실을 알지 못했어.

나는 패배자
소중한 여인을 잃어버렸네.
나는 패배자
겉모습은 진짜 내가 아니야.
광대처럼 웃고 떠들지라도
가면 아래 고통스런 얼굴이 숨었지.
빗물처럼 눈물이 한없이 흘려내려
이 눈물은 그녀를 위해서인가, 나를 위해서인가?

어째서 난 이런 운명에 처했지?

64

행운은 벌써 나를 떠나 버렸어.

'교만은 패망의 선봉'이란 금언을 실감해.

당신에게 충고 한마디하겠어.

겸손하지 않으면 모두 잃는다는 것을.

원곡명 「I'm a Loser」

일이 계속 안 풀리는 쪽으로 기울어진다. 부정적인 생각은
계속 부정적인 일을 낳는다. 그러나 다 마음먹기 나름. 실패로
인해 보이지 않던 것이 제대로 보이고, 좀더 숙고하고 현명해
지는 자신을 발견하기도 한다. 그리하여 실패는 은혜로운 선물
이 된다.

크립

라디오 헤드

예전에 네가 여기 있었을 때
난 네 눈을 똑바로 쳐다보지 못했지.
넌 천사고, 피부는 눈물이 날 만큼 아름다워.
넌 아름다운 세상에 떠도는 가벼운 깃털 같아.
내가 특별한 존재였다면 얼마나 좋았을까.
넌 너무도 특별한데.

하지만 난 쓰레기이고, 섞이지 못하는 아웃사이더일 뿐.
도대체 내가 여기서 뭘 하고 있는 거지?
난 여기 속하지 못하는데

기분이 상한대도 어쩔 수 없어.
난 자제력을 갖고 싶고
완벽한 몸을 갖고 싶고
완벽한 영혼을 갖고 싶어.
내가 여기서 없어지면
네가 그걸 알아주었으면 해
넌 지나치게 특별한 존재야.
나도 특별한 사람이었으면 좋겠는데.

그녀는 또 밖으로 달려나가 버린다.
밖으로…….

널 행복하게 하는 게 무엇이든
네가 원하는 게 무엇이든
넌 너무도 특별해.
나도 특별한 존재였으면 좋겠는데…….

하지만 난 어차피 쓰레기이고, 섞이지 못하는 아웃사이더
일 뿐.
도대체 여기서 뭘 하고 있는 걸까?
난 여기 어울리지 않는다.
(여긴 내가 있을 곳이 아닌데)

원곡명 「Creep」. 라디오 헤드는 영국의 5인조 록밴드

누구나 비 맞은 새같이 작고 초라해보일 때가 있지. 아무 의미 없이 세월만 가고, 자꾸 제자리에서 맴도는 기분에다, 심지어 남아도는 잉여인간이란 자괴감까지. 어느새 당신은 울고 있었지. 그런 생각은 몸에 좋지 않아요. 당신에게도 지금 사랑이 필요하네요. 사랑······ 먼저 주는 것이 사랑을 잃지 않는 비결인 거. 풍요로운 사랑을 경험하고 싶다면 어떤 보답도 바라지 않고 베풀어야 한다는 거. 이미 알고 있더라도 다시 다짐해봐요. 희망 없이 사랑하자고. 그래야 무너지지 않고 '마이 페이스'를 지킬 수 있으니까.

이런 詩

이상

　역사를하노라고 땅을파다가 커다란돌을하나 끄집어내어놓
고보니 도무지어데서인가 본듯한생각이들게 모양이생겼는데
목도들이 그것을메고나가드니 어데다갖다버리고온모양이길
래 쫓아나가보니 危險하기짝이없는 큰길가드라.

　그날밤에 한소내기하였으니 必是그돌이깨끗이씻겼을터인
데 그이튿날가보니까 變怪로다 간데온데없드라. 어떤돌이와
서그돌을업어갔을까 나는참이런悽량한생각에서 아래와같은
作文을지었도다.

　「내가 그다지 사랑하든 그대여 내 한平生에 차마 그대를 잊
을수없소이다. 내차례에 못올사랑인줄은 알면서도 나혼자는
꾸준히생각하리다. 자그러면 내내어여삐소서」

　어떤 돌이 내얼굴을 물끄러미 치어다보는것만같아서 이런
詩는 그만찢어버리고싶드라.

서울로 가는 길, 차 안. 바람이 한 장씩 걷어내는 풍경을 내
다보다가, 이상의 시를 떠올렸다. 이런 시를 어떻게 썼을까. 기
괴하면서 독특하고 아름다운 상상력, 꿈인지 생시인지 모르게
매혹적인 환영처럼 다가오는 이미지들. 사랑과 일에 묶여진 삶
으로부터 풀려나와 퍼즐처럼 이어지는 환상으로 감미롭던 경
험이 누구에게나 있듯, 이상도 끝없이 떠오르는 매혹적인 환영
에 말을 건넴으로써 일제시대의 답답한 현실을 견디었으리. 그
환영은 내면의 호수에 소리없이 살랑이는 바람처럼 경이롭다.

천재다, 아니다, 과대평가 되었다, 아니다는 논쟁은 부질없
다. 역시 이상은 이상이다. 돌이든 사랑이든 온데간데없이 사
라졌기에 그 슬픔으로 아름다운 '작문'이 남는다. 아이의 머리
칼을 쓰다듬을 때 남는 말할 수 없이 부드러운 감촉이 느껴지
는 사랑의 글이.

『남해금산』 중에서

이성복

처음 당신을 알게 된 게 언제부터였던가요. 이젠 기억조차 까마득하군요. 당신을 처음 알았을 때, 당신이라는 분이 이 세상에 계시는 것만 해도 얼마나 즐거웠는지요. 여러 날 밤잠을 설치며 당신에게 드리는 긴 편지를 썼지요.

처음 당신이 나를 만나고 싶어한다는 전갈이 왔을 때, 그때를 생각하면 아직도 아득히 밀려오는 기쁨에 온몸이 떨립니다. 당신은 나의 눈이었고, 나의 눈 속에서 당신은 푸른빛 도는 날개를 곧추세우며 막 솟아올랐습니다.

그래요. 그때만큼 지금 내 가슴은 뜨겁지 않아요. 오랜 세월, 당신을 사랑하기에는 내가 얼마나 허술한 사내인가를 뼈저리게 알았고, 당신의 사랑에 값할 만큼 미더운 사내가 되고 싶어 몸부림했지요. 그리하여 어느덧 당신은 내게 〈사랑하는〉 분이 아니라, 〈사랑해야 할〉 분으로 바뀌었습니다.

이젠 아시겠지요. 왜 내가 자꾸만 당신을 떠나려 하는지를. 사랑의 의무는 사랑의 소실에 다름아니며, 사랑의 습관은 사랑의 모독일 테지요. 오, 아름다운 당신, 나날이 나는 잔인한 사랑의 습관 속에서 당신의 푸른 깃털을 도려내고 있었어요.

다시 한번 당신이 한껏 날개를 치며 솟아오르는 모습이 보고 싶습니다. 내가 당신을 떠남으로써만…… 당신을 사랑합니다

시집 『남해금산』의 뒤표지글이다. 시보다 더 시 같은 산문. 이런 글을 읽다 보면 내가 아주 딴사람이 되는 기분이다. 건조한 시멘트 길을 벗어나 아침 이슬 먹은 흙길에 들어선 느낌. 세상의 가장자리 한 끝에 놓여 있는 의자에 고요히 앉아 눈을 감고 차분해지는 자신을 발견한다. 가슴속 깊은 우물에서 길어올린 물을 마신다. 한없이 낮아지는 마음에만 깃들이는 더없이 착해지는 심사.

『남해금산』, 내가 스물여섯 살에 읽은 시집. 읽으며 참 많이 울었던 시집. 나만의 시를 꿈꾸며 어느 여름 맑은 날 나는 남해 금산을 찾았다.

2 나에게 시는 시인이 쓴 것만이 아니다.
가슴을 울리고, 전율하게 만드는 모든 것이 시다.

파도의 노래

빅토르 최

파도가 모래 위의 흔적을 지우네.
바람이 자기만의 신비한 노래를 부르네.
나뭇가지들이 자신의 현으로 연주하네.
파도의 멜로디, 바람의 멜로디

여기서는 아스팔트의 기억이 사라지고
자동차의 기억도 사라지네.
높이 솟은 물보라를 보네.
파도의 멜로디, 바람의 멜로디
갈 곳 잃은 이를 회상하는 당신은 누구인가.
웃으며 노래했던 누군가를 그리워하는 당신은 누구인가.
점점 진한 한기를 느끼며
사랑을 회상하는 당신은 누구인가.
파도의 멜로디, 바람의 멜로디

원곡명「Музыка волн」, 빅토르 최는 러시아 국적의 한인3세 록가수.

언젠가 빅토르 최에 대한 다큐를 보면서, 나는 그에게 깊이 빨려들어갔다. 그의 목소리와 용모도 한몫을 했겠지만, 그보다 내 마음을 휘어잡은 건 혼이 깃들인 노래 자체였다. 한국인의 피가 흐른다는 친밀감, 다시 볼 수 없다는 안타까움으로 그의 이 노래시를 들이마신다.

오랫동안 여행을 떠나지 못해선지 바다가 몹시 그립다. 바다에 마냥 가닿고 싶어 몸이 단다. 바다와 마주해 아무 생각도 없이 멍한 상태로 지내다 보면 생활에 밀려간 먼 꿈이 다시 일어설 텐데. 그 어떤 괴로움도 종이처럼 얇게 만들어 바람에 날려보내고 다시 사랑을 꿈꿀 수 있을 텐데.

변화

빅토르 최

온기 대신 유리의 녹색빛

불 대신 연기

달력의 그물로부터 하루가 포착되었고

붉은 태양은 모든 것을 남김없이 불사르네.

하루는 그와 함께 다 타버리고

불타는 도시에는 여름이 깔리네.

활활 타오르는 도시에 그늘이 내린다.

우리의 가슴은 변화를 원한다.

우리의 눈은 변화를 요구한다.

우리의 웃음에, 우리의 눈물에, 그리고 우리의 맥박에는
변화!

변화, 우리는 변화를 기다린다.

전깃불이 우리의 하루를 연장시키고

성냥통은 비어 있지만

부엌에는 푸른 불빛으로 가스가 타오르고, 손에는 담배, 식
탁에는 차, 이 웃음은 단순하기만 해.

그리고 더이상은 아무것도 없네. 모든 것은 우리 안에 있다네.

우리는 눈의 현명함과 재주있는 손동작을 자랑할 수 있네.

우리가 서로를 이해하는 데 이 모든 것은 필요없네.

손에는 담배, 식탁 위에는 차

그리고 세상은 닫기어가고

갑자기 우리는 무언가 바꾸기를 두려워하네.

원곡명 「Перемен」

옛날 내가 아는 한 선배는 미팅 중에 유리잔을 바닥에 떨어뜨렸다. 날카롭게 울리는 소리와 함께 유리가 산산조각이 났다.

"왜 그랬어요?" 내가 나중에 묻자 선배가 말했다.

"그냥 유리 깨지는 소리를 듣고 싶었어."

그렇게라도 부수지 않고는 못 견디는 상태. 신나게 살아 있는 감각을 느끼고 싶은 마음.

변화!

'창조란 불가능한 것들 사이로 자신의 길을 그어가는 것'이란 철학자 들뢰즈의 말이 언제나 내 가슴을 뜨겁게 하듯 빅토르 최의 노래말이, 노랫소리가 나를 삶의 열정 속으로 몰아간다. 그의 노래말을 보면 온갖 영감이 들끓는다. 변화와 창조는 그렇듯 방해와 장애물을 훌쩍 뛰어넘는다.

자아성찰

빅토르 최

오늘은 누구에게 안녕이라 말한다.
내일은 영원히 안녕이라 말하겠지.
마음이 몹시 아프다.
내일 또 누군가 집으로 돌아와서
폐허가 된 자기의 도시를 볼 것이다.
누군가 높은 크레인 위에서 떨어지겠지.

자아성찰하세요. 주의하세요.
자아성찰하세요.

내일은 누군가 아침에 일어나서
불치의 병에 걸렸음을 알게 되겠지.
누군가 집에서 나와 차에 치일 것이고
내일 어느 병원에선 환자의 죽음이
의사를 놀라게 할 거야.
누군가 숲속에서 지뢰를 밟고 죽겠지.

밤에 우리의 머리 위로 비행기가 지나갔다.
내일 그 비행기는 바다에 빠질 것이다.

모든 승객들이 죽을 것이다.
어디선가 전쟁이 일어날 것이고,
눈보라가 일 것이다.
우주의 블랙홀이여

원곡명 「Следи за собой」

새해 첫날. 고향 저수지에서 썰매 타는 사람들을 보며 황혼
이 보랏빛으로 타는 황홀한 시간을 사진찍었다. 지금이 아니면
볼 수 없는 풍경. 나이프보다 더 빛났다. 문득 깨어 있는 정신
을 통해 감미로운 행복의 시간들을 지킬 수 있다는 생각을 하
였다. 올 한 해, 고난과 상처가 있어도 견딜 만해서 금세 잊을
수 있었으면, 이룰 수 있는 꿈만 꾸어서 성취감과 자신감을 얻
을 수 있었으면 좋겠다고 새해 연하장을 띄웠다.

사람들은 이상하다

짐 모리슨

네가 이방인일 때
사람들은 이상하다.
네가 외로울 때
사람의 얼굴은 험악해 보인다.
남들이 너를 원하지 않을 때
여자는 사악해 보인다.
네가 침통할 때
길은 울퉁불퉁하다.
네가 이상할 때
얼굴은 빗속으로부터 나온다.
네가 이상할 때
아무도 너의 이름을 기억하지 않는다.

원곡명 「People are Strange」

올리버 스톤 감독의 영화 〈도어즈〉를 아주 인상깊게 본 적이 있다. 그룹 도어즈의 리드 싱어 짐 모리슨의 생애를 있는 그대로 정확히 살려냈다 볼 수는 없지만, 그의 카리스마적 광기를 엿볼 수 있는 영화였다. 아깝게도 의문사로 생을 마감한 짐은 언제나 '생의 극한대를 살아간 인물을 존경했고' 특히 인간 존재의 어두운 면에 섬뜩한 통찰력을 발휘했다. 고교시절 작가를 꿈꿨던 그는 랭보와 키츠의 시를 탐독했다. 특히 랭보를 자신의 모델로 삼았다. 짐은 죽기 2년 전부터 가까운 친구들에게 자신은 록가수로 기억되기보다 시인으로 기억되고 싶다고 수차례 말했다고 한다. 보다시피 그의 노래말은 아주 독특한 시다.

　사람들은 왜 이상할까? 그것은 마음을 먼 데 두고 있기 때문일 것이다. 먼 데 있는 마음은 외로울 수밖에 없고, 주변의 누구도 그를 기억하지 않는다. 무엇보다 살고 죽어야 할 자리는 바로 이곳임을 깨닫는 일이 중요하다.

거미

김수영

내가 으스러지게 설움에 몸을 태우는 것은 내가 바라는 것
이 있기 때문이다.

그러나 나는 그 으스러진 설움의 풍경마저 싫어진다.

나는 너무나 자주 설움과 입을 맞추었기 때문에
가을바람에 늙어가는 거미처럼 몸이 까맣게 타버렸다.

거미처럼 웅크리고 앉은 자신이 싫을 때, 그 누구도 자신을
구할 수 없고, 기대고 싶은 사람 아득히 멀 때, 아방가르드한
그 뭔가가 그리울 때, 시인 김수영을 읽어보는 건 어떨까.

삼십세

최승자

이렇게 살 수도 없고 이렇게 죽을 수도 없을 때
서른 살은 온다.
시큰거리는 치통 같은 흰 손수건을 내저으며
놀라 부릅뜬 흰자위로 애원하며.

내 꿈은 말이야, 위장에서 암세포가 싹트고
장가가는 거야, 간장에서 독이 반짝 눈뜬다.
두 눈구멍에 죽음의 붉은 신호등이 켜지고
피는 젤리 손톱은 톱밥 머리칼은 철사
끝없는 광물질의 안개를 뚫고
몸뚱어리 없는 그림자가 나아가고
이제 새로 꿀 꿈이 없는 새들은
추억의 골고다로 날아가 뼈를 묻고
흰 손수건이 떨어뜨려지고
부릅뜬 흰자위가 감긴다.

오 행복행복행복한 항복
기쁘다우리 철판깔았네

지금보다 더 젊은 날, 그렇게 최승자 시인은 전혜린처럼 통쾌한 여성의 힘과 용기를 내게 던져주었다. 서른 살을 맞던 해, '이렇게 살 수도 없고, 죽을 수도 없을 때'라는 대목에 줄을 치며 희망의 독을 품은 기억이 난다. 너무나 따분한 일상 속에서 따분하기 짝이 없던 나. 플라스틱처럼 딱딱해지는 병에 걸린 듯 자꾸 딱딱한 몸을 웅크렸다. 아름답고 치열한 시들을 읽으며 세월을 굴리면 어느새 나는 바다를 만나고, 바람이 되고, 눈으로 쏟아지고 있었다. 그렇게 내공을 쌓던 고독한 서른 살의 옥탑방. 혼자 있는 시간이 많았기에 시가 터져나오던 곳. 빛나는 유폐의 공간. 그 시절이 그립다.

처녀처럼

마돈나

나는 광야를 헤쳐나왔어요.
어떻게든 해냈죠.
당신을 만나기까지 얼마나 많이 헤맸는지 아세요.

나날의 심장은 불안하게 흐느끼고
슬프고 우울했어요.
하지만 당신은
날 부드럽고 새롭게 느끼게 하네요.

당신 가슴이 내 가슴 곁에서 고동칠 때
생전 처음 내 몸에 손길이 닿은 듯
처녀처럼 말예요.

내 두려움은 빠르게 지나가네요.
내 사랑 모두 드리겠어요.
당신을 위해 모든 걸 간직하겠어요.
오직 사랑만이 계속될 테니

당신은 너무 좋고 내 사랑이에요.

날 강하게, 대담하게 해줘요.
당신 사랑이
내 두려움과 추위를 녹였어요.

너무 좋은 당신, 내 사랑이에요.
이 세상 다할 때까지 난 당신의 사랑이구요.
날 느끼게 하네요.
아무것도 감출 수 없게

순수한 처녀처럼, 처녀처럼
마음속으로 너무 좋아요.
당신이 날 안을 때면 당신의 심장은 뛰고
당신은 날 사랑하죠.

나의 심장 뛰는 소리가 들리지 않나요.
난생 처음 생생히 뛰는 소리가

원곡명 「Like a Virgin」.

"난 남자들이 예쁜 옷처럼 끌려요. 항상 입어보고 싶죠."

영화 〈걸 온 더 브릿지〉에서 여주인공이 한 말이다. 가슴속에 한 마리 뱀처럼 꿈틀대는 욕망은 다 똑같은데, 남자의 욕망은 당연시하고, 여자의 욕망은 오래도록 불결하거나 불길한 것으로 취급당했다. 얼마나 오랜 세월 동안 여성들은 처녀 콤플렉스로 억압받아 왔는가. 내 이십대도 예외는 아니었다. 그러나 아직도 처녀냐, 총각이냐 따지는 이가 있다면 아주 우스운 사람이 되는 시대다. 마돈나의 당당한 이 노래말이 노래보다 더 통쾌하게 느껴진다. 언제나 나는 처녀처럼 다가간다는 말이 참 시원하다. 마음속에 은밀하고 처음 보는 꽃 한 송이 피워내듯이 말이다. 마돈나에 대한 다큐멘터리 〈진실 혹은 대담〉을 언젠가 본 적이 있는데, 정면으로 대응하며 사는 적극적인 삶의 방식이 무척 인상적이었다. 은색 양철판을 겉표지로 두른 그녀의 누드집을 보면 그녀에 대해 더욱 감탄을 하게 된다. 시대를 정확히 읽어내고, 자신을 당당하게 포장할 줄 아는 그녀가 명석하고 걸출한 여장부로 그려진다.

신이여 이 아이를 축복하소서

빌리 할러데이

가진 자는 더 가지게 되고
없는 자는 더 잃게 되나니
성경에서는 이렇게 말하는데, 이 말은 아직도 그런 것 같아요.

엄마가 돈이 많을 수 있고, 아빠가 돈이 많을 수도 있지만
신이여, 진실된 자아를 가진 이 아이를 축복하소서.
진실된 자아를 가진 아이를.

그래요, 힘이 센 자들은 더욱더 많이 갖게 되구
약한 자들은 잃게 되요.
주머니가 비면 되는 일이 하나도 없어요.

엄마가 돈이 많을 수 있고, 아빠가 돈이 많을 수도 있지만
신이여, 진실된 자아를 가진 이 아이를 축복하소서.
진실된 자아를 가진 아이를.

돈이여, 그대는 친구가 많구나.
사람들이 그대 집 문턱이 닳도록 들락거리네.

그대 사라져버려 더이상 쓸것이 없으면
사람들은 발길을 끊는다네.
우리가 살아가는 데 돈은 반드시 필요한 것이지만
그렇다고 돈에 너무 욕심은 내지 마세요.

이 아이는 걱정할 게 하나도 없어요.
이 아이는 진실된 자아를 갖고 있으니까요.
그래요, 진실된 자아를 갖고 있으니까요.

원곡명 「God Bless The Child」, 빌리 할러데이는 미국의 흑인 재즈가수

집 밖을 한 발짝만 나서도 돈이 든다. 돈이 없으면 모든 것이 정지한다. 다만 공짜로 부는 바람과 공짜로 뜨는 해와 지는 노을에 목이 메이도록 울 수 있을 뿐. 주머니가 비면 되는 일이 없다. 점점 그런 무서운 세상이 되어간다. 아주 적은 돈으로 간신히 살림을 꾸려가는 일이 얼마나 우울한지⋯⋯. 그러나 저금통에 값싼 동전을 하나씩 넣다 보면 꿈에 조금씩 다가가는 기쁨에 사로잡힌다. 돈이 많으면 좋지만 없으면 없는 대로 살아지지. 참으로 '서민만세' 다. 찰스 디킨즈가 이런 말을 하고 지나가신다. "지위나 돈만이 인생의 전부는 아니다. 정말로 소중한 것은 따뜻하게 배려하는 마음이다."

올해의 키스

빌리 할러데이

올해 추수에 거둬들인 키스는
다른 해 추수에 비해 나한테는 달콤하지 않아요.
올해 거둬들인 것에는 이게 빠져 있어요.
전에 키스하면 느껴졌던 것이요.
올해 새롭게 시작된 사랑은
제대로 이루어질 것 같지 않아요.
저 위에 둥실 떠 있는 달님이 도와주었는데도 말이죠.
올해 거둬들인 키스는 나에게는 별 쓸모가 없고
나에게 아직도 작년에 추수한 사랑이 남아 있으니까요.

원곡명 「This Year's Kisses」

96

내가 책을 보러 들르는 대학 자습실. 통로 테이블 위에 수백 개의 약병 같은 게 놓여 있었다. 혹시 대량학살을 꿈꾸는 쥐약일까? 가까이서 보니 중간고사 잘 보라는 선물이었다. 병마다 학년, 학번, 이름이 붙여져 있었다.

　"A⁺를 위하여, 원샷!"

　오랜만에 보는 감동이다. 나는 소감을 써놓은 메모판을 봤다. 그 중의 하나가 눈에 띄었다.

　"우리는 F학점도 두려워하지 않는다."

　전도 유망한 A학점보다 의기양양한 F학점이 더 근사해보였다. 인생 망가져도 후회 않겠다는 듯 패기와 당당함의 매력이 넘쳤다.

　키스를 한 해의 추수에 비유한 재즈곡 「올해의 키스」. 이 또한 얼마나 당당한가. 유경험자들이 말하길, 때로 키스가 섹스보다 더 강하다고 한다. 지난해 키스라는 곡식을 추수하지 못했다면 올해에는 꼭 대풍년 맞기를……

썸머 타임

제니스 조플린

여름엔 살기 편했단다.
물고기가 튀어오르고
목화는 잘 자라거든.
너희 아버지는 돈이 많고
어머니는 솜씨가 좋았지.
귀여운 아가야 울지 말아라.
어느 날 아침
너는 일어나서 노래하고
날개를 펼쳐
드넓은 하늘로 날아갈 거야.
적어도 그때까진
아무 걱정 없단다.
너의 아버지와 어머니가
곁에 있으니 말이다.

원곡명 「Summer Time」

제니스 조플린의 「썸머 타임」을 처음 듣던 날을 잊을 수가 없다. 한 대 거세게 얻어맞은 기분. '바로 이거야. 내가 원하는 인생의 목소리는' 이렇게 뇌까렸지. 노래 속의 이상하도록 끈끈한 에너지가 나를 이끌어가는 게 좋았다. 애절하면서 격정적인 기운이 사사로운 일들을 날려버렸다. 제대로 먹지 못해도 견딜 수 있었고, 쓸쓸하군, 하고 뇌까리면 그날 날 부르는 전화벨이 울렸다. 작은 창문을 열면 눈 앞의 언덕에 꽃이 피어나고, 아주 상쾌한 바람이 불어왔다. 길은 많아도 잃기 쉬운 게 인생. 막막할 때마다, 가슴이 터져버릴 듯한 외로움으로 쓰러질 때마다, 제니스 조플린을 들으며 그렇게 다시 일어서곤 했다.

나, 덤으로

황인숙

나, 지금
덤으로 살고 있는 것 같아
그런 것만 같아
나, 삭정이 끝에
무슨 실수로 얹힌
푸르죽죽한 순만 같아
나, 자꾸 기다리네
누구, 나, 툭 꺾으면
물기 하나 없는 줄거리 보고
기겁하여 팽개칠 거야
나, 지금
삭정이인 것 같아
핏톨들은 가랑잎으로 쓸려다니고
아, 나, 기다림을
끌어당기고
싶네.

노란 귤을 보면 황인숙 시인이 생각난다. 귤을 만지면 튕겨 날아갈 듯 야무진 이 시가 생각나고, 곁들여 아주 푸른 푸성귀가 눈앞에 어른거린다. 지금은 몸도 살림도 바싹 말라 있으나, 봄날 따사로운 온기를 받고 내 가지에도 물기가 돌고 꽃이 피어나겠지. 지금부터 남은 생애를 덤으로 산다는 기분이면 훨씬 인생이 가뿐하겠지.

벚꽃 핀 술잔

함성호

마셔, 너 같은 년 처음 봐
이년아 치마 좀 내리고, 말끝마다
그렇지 않아요? 라는 말 좀 그만 해
내가 왜 화대 내고 네년 시중을 들어야 하는지
나도 한시름 덜려고 와서는 이게 무슨 봉변이야
미친년
나도 생이 슬퍼서 우는 놈이야
니가 작부ㄴ지 내가 작부ㄴ지
술이나 쳐봐, 아까부터 자꾸 흐드러진 꽃잎만 술잔에 그
득해
귀찮아 죽겠어, 입가에 묻은 꽃잎이나 털고 말해
아무 아픔도 없이 우리 그냥 위만 버렸으면
꽃 다 지면 툭툭 털고 일어나게
니는 니가 좀 따라 마셔
잔 비면 눈 똑바로 뜨고 쳐다보지 말고
술보다 독한 게 인생이라고?
뽕짝 같은 소리 하고 앉아 있네
술이나 쳐
또 봄이잖니

이 한 세상 깊은 골짝을 사노라면 네나 내나 다 미친년 미친 놈이 되고 마는가 싶다. 서로 작부가 되어 따뜻이 품어주면 좋으련만. 제 고통의 무게에 짓눌려 남을 품기 힘들구나. 벚꽃잎 뚝뚝 떨어지듯 슬픔 툭툭 털고 일어서게. 미소나 지어주게. 함성호 시인의 시를 마시니 내가 벚꽃이 되는구나. 벚꽃 펄펄 날리는 날, 아픔 털고 다시 일어서겠구나.

자신의 느낌

말러의 가곡

나는 왜 이러는지 알 수가 없어요.
난 아픈 것도 아니고 성한 것도 아니죠.
난 다친 것 같은데 상처는 없어요.
난 왜 이러는지 알 수가 없어요.

뭘 먹긴 해야 할 텐데
통 입맛이 없어요.
나는 돈도 있는데 관심이 없어요.
난 왜 이러는지 알 수가 없어요.

아마 난 한 줌의 코담배도 없나봐요.
아마 내겐 동전 한 닢도 없는지 몰라요.
난 왜 이러는지 알 수가 없어요.

난 정말 결혼하고 싶어요.
그런데 아이들 우는 소리는 질색이지요.
난 왜 이러는지 알 수가 없어요.

오늘에야 의사 선생님께 알아봤죠.

그는 퉁명스레 말했어요.

"난 당신 문제가 뭔지 알겠어요. 당신은 바로 바보예요."

"이제 난 알았죠, 무엇이 문제였는지를요!"

원제 「Selbstgefuhl」, 말러가 곡을 붙인 독일의 민요시

참으로 유머러스한 독일민요시. 내 이야기인 것 같아서 왠지
쑥스럽다. 낚싯바늘에 걸린 물고기 마냥, '바보'라고 불리는 가
느다란 실에 걸려 꼼짝없이 오도가도 못하는 내 모습이 그려진
다. 이런 내 모습을 향해 뇌까린다.

"물렁물렁한 밀가루 반죽처럼 지루한 얼굴이군. 그렇게 있으
면 더 외로워질 뿐이야. 봄바람이라도 불어오면 생활의 탄력을
찾아야지. 시끄러운 시장이라도 거닐든지. 우리의 혼은 푹 익
기 위해 새로움과 열정, 산뜻한 만남을 늘 갈망하지. 근데 문제
는 어디 바보가 나 하나뿐이랴야지. 도처에 나와 같은 바보 진
품들이 가득하군."

사랑스런 추억

윤동주

봄이 오던 아침, 서울 어느 조그만 정거장에서
희망과 사랑처럼 기차를 기다려,

나는 플랫폼에 간신한 그림자를 떨어트리고,
담배를 피웠다.

내 그림자는 담배 연기 그림자를 날리고
비둘기 한떼가 부끄러울 것도 없이
나래속을 속, 속, 햇빛에 비춰, 날았다.

기차는 아무 새로운 소식도 없이
나를 멀리 실어다 주어,

봄은 다 가고— 동경 교외 어느 조용한
하숙방에서, 옛거리에 남은 나를 희망과
사랑처럼 그리워한다.
오늘도 기차는 몇 번이나 무의미하게 지나가고,

오늘도 나는 누구를 기다려 정거장 가까운 언덕에서

서성거릴 게다.

— 아아 젊음은 오래 거기 남아 있거라.

철롯가의 집 한 채에서 나는 늘 오고가는 기차를 보며 컸다. 기차가 긴 선을 그으며 울고 갈 때마다 그것이 그리움이란 걸 알았다. 저렇게 머물지 않고 떠나는 것이 사람이며 사랑이라 여겼다.

"시는 오랫동안 두근거리는 쾌락이다"라고 한 장 그르니에.

기찻소리가 바로 그럴 것이고, 윤동주의 시 또한 가슴 두근 거리게 하는 기쁨이다. 무의미하게 느껴지는 일상적인 시간들 과 지나가는 기차의 오버랩. 쓸쓸함이 애잔하게 타오른다.

겨울

토리 아모스

흰 눈이 기다리는데
벙어리 장갑을 깜빡했네.
코를 닦고 새 부츠를 신고
아빠의 장갑을 손에 꼈지.
겨울을 생각하면 마음이 따뜻해져.

눈이 깊이 쌓인 곳으로 달렸어.
잠자는 숲 속의 공주가
얼굴을 찌푸리며 내 발을 걸었어.
누군가의 말소리가 들렸어.
"넌 네 스스로를 지키는 법을 배워야 한단다. 나는 네 곁에
늘 있을 순 없거든."

아빠가 말했지, 언제 마음을 잡을래?
내가 너를 사랑한 만큼 언제 네 스스로를 사랑할래?
언제 네 마음을 정하겠어?
세상은 너무 빨리 변하고
흰 말들은 여전히 잠들어 있는데
내가 아빠에게 영원히 옆에 계시길 바란다고 하면

애야, 상황은 늘 변하잖니, 라고 말하시지.

사내아이들은 피어나는 꽃만큼
사라지는 겨울을 발견하네.
시간은 흐르고 나는 여기서 기다리네.
눈사람이 있던 곳에서 지쳐가네.
거울아, 거울아 수정궁전은 어디에 있니.
나 자신만 보일 뿐
내가 누구인지 진실을 피해도
아빠, 난 알아요. 얼음이 서서히 녹는다는 걸.

머리는 희어지고 불은 타오르네.
수많은 꿈은 선반 위에 올려두고
아빠는 말하지, 자신을 자랑스레 여기길 바란다고.
나도 언제나 그걸 원했지.

아빠가 말했지, 언제 마음을 정하겠니?
언제 내가 널 사랑한 만큼 네 자신을 사랑하겠니?
언제 네 마음을 잡을래?

세상은 너무나 빨리 변하고
흰 말들은 여전히 잠들어 있는데
나는 말하지, 아빠가 영원히 내 곁에 있길 바란다고.
아빠는 말하시네, 얘야 상황은 늘 변하잖아, 라고.

절대로 변하지 않기를

원곡명 「Winter」

살며시 내 손을 잡아주는 손이 있었다. 일이 잘 풀리지 않거나, 내 자신이 마음에 들지 않을 때. 기대하지 않았기에 더없이 따뜻한 손. 친구의 손. 어머니의 손. 우리는 항상 누군가의 격려가 필요하다. 격려와 용기가 되는 한마디로 우리는 다시 사는 힘을 얻는다. 「겨울」은 미국의 여가수 토리 아모스가 아버지가 아프셨을 때 만든 노래다. "자신을 자랑스레 여기기를 바란다"는 아버지의 말씀에 그녀도 큰 용기를 얻었나보다. 자신을 이해하고 장점을 끌어내는 이가 진정 자신을 사랑해주는 이다.

거리에 비 내리듯

폴 베를렌

거리에 비 내리듯
내 마음 속에 눈물 흐르네.
가슴 속에 스며드는
외로움은 무엇이런가?

땅 위에, 지붕 위에 내리는
부드러운 빗소리
울적한 가슴을 위한
아, 비의 노래여!

낙담한 이 가슴에
까닭없는 눈물 흐르네.
무엇이! 배반은 없었다고?
이 슬픔은 까닭도 없네.

사랑도 미움도 없이
왜 이다지 마음은 아픈지,
이유조차 모르는 일이
가장 괴로운 아픔인 것을!

비 내리는 풍경을 응시한다. 흩날리는 비에 따라 마음이 흔들린다. 컴컴한 시멘트색으로 물들어가는 마음. 처마마다 물방울 뚝뚝 떨어진다. 삶이 끝나든가, 삶을 끝내든가 싶을 만큼 마음이 허탈하고 쓸쓸한 상태. 외로움을 타면 얼마나 쉽게 하루의 일상이 무너지는가. "현대인은 너무나 많은 시간을 군중 속에 머물면서 혼자 있는 외로움으로 병들어 죽어간다"고 한 아인쉬타인의 말이 가슴속에 짙게 남는다. 직선적으로 감성의 현을 울리는 폴 베를렌의 시는 뜻을 알기도 전에 발음만으로도 감미롭다. 내 이야기인 듯 어느 날 문득 가슴에 와락 안겨온다. 비를 통해, 시를 통해 나를 부르고, 자신을 일으켜 세우는 거다. 비 오는 날, 나는 그냥 음미할 것이다. 비를, 나의 고독을.

술 들고 달에게 묻다

이백

푸른 하늘에 달은 언제부터 있었나
내 이제 잔 들고 물어보련다.
사람이 밝은 달 좇을 수 없어도
달은 사람을 따라온다.
날아가는 거울처럼 붉은 대궐에 이르고
푸르스름한 안개 사라지면 맑은 빛을 뿜는다.
깊은 밤바다 위로 떠오르는 것만 보일 뿐
새벽에 구름 사이로 지는 것을 어찌 알까.
흰토끼 불사약을 찧어 가을이 봄으로 바뀌지만
외로운 항아는 뉘와 이웃하여 살까.
지금 사람 옛 달을 볼 수 없으나
지금 달은 옛 사람을 비추었나니.
옛 사람 지금 사람 흐르는 물과 같이
모두 이처럼 밝은 달을 바라보았지.
그저 술 마시고 노래하며
달빛이 오래도록 금 술잔에 비추기만 바랄 뿐.

나이를 먹으니 '추억이 아름다운 사람'이 어떤 사람인지 알 것 같다. 그 어떤 추억이든 아름다움으로 바꿀 줄 아는 사람이란 걸. 나도 그런 사람이 되어 술잔을 기울이고 싶다. 꼭 술이 아니라도 사무치듯 아름다운 사람이나 풍경, 시에 감동하는 것도 취하는 한 방법일 것이다. 때로 지극히 빼어난 시를 만나면 아무 할말이 없다. 하염없이 바라보고, 마음으로 그림을 그릴 뿐이다. 이백의 시에 취해 지그시 눈을 감았다 뜨니 먼 곳을 바라볼 여유가 생긴다. 술이 아니라 시에 취하니 어지럽지 않아 좋고, 달이 뜨지 않아도 달을 본 것 같아 가슴이 울렁댄다. 사람이 그립구나.

물桶

김종삼

희미한
風琴 소리가
툭 툭 끊어지고
있었다

그동안 무엇을 하였느냐는 물음에 대해

다름아닌 人間을 찾아다니며 물 몇 桶 길어다 준 일밖에 없
다고

머나먼 廣野의 한복판 얇은
하늘 밑으로
영롱한 날빛으로
하여금 따우에선

욕심 없는 맑은 심성이 가슴을 조용히 흔들어댄다. 실잠자리 한 마리 나의 방안을 날다 어디론가 사라진다. 환상으로, 때론 현기증으로 메마른 현실을 견디는 마음이 엷게 비친다. 수십 번을 봐서 꾸겨질 만한데 이 시가 적힌 페이지는 구겨지지 않았다. '인간을 찾아다니며 물 몇 桶 길어다 준 일밖에 없다'는 구절을 볼 때마다 수도원에 머문 듯 가슴이 조촐하니 향기롭다. 도처에 쓸데없이 겉도는 말과 이미지가 들끓는 시대, 김종삼 시인이 몹시 그립다.

식당

프랜시스 잠

나의 식당에는 빛바랜 그릇장이 하나 있지요.
그는 나의 고모 할머니들의 목소리를 들었고
나의 할아버지의 목소리를 들었고
나의 아버지의 목소리도 들었지요.
이 장은 이 추억들을 잊지 않고 간직하고 있어요.
만일 사람들이 이 장이 묵묵부답이라고만 생각하면 잘못이
지요.
나는 이 장과 이야기를 주고받으니까요.

식당에는 또 나무로 된 뻐꾸기 시계가 하나 있지요.
나는 이 시계가 왜 이제는 목소리가 없어졌는지 알 수 없어요.
그에게 물어볼 생각도 없구요.
아마 태엽 속에 담겼던 목소리가 깨어졌겠지요.
그저 죽은 사람의 목소리가 없어진 것같이.

거기에는 또 낡은 찬장이 하나 있지요.
그 속에서는 밀랍, 잼,
고기, 빵 그리고 무른 배 냄새가 납니다.
이 찬장은 충직한 청지기로 이 집에서

어떤 물건도 훔쳐내서는 안된다는 것을 알고 있답니다.

우리 집에 왔던 많은 남녀 손님들은
이 물건들의 작은 영혼들이 있다는 것을 믿지 않습니다.
그러므로 어떤 손님이 집 안에 들어서면서
"잠므 씨, 어떠시오?" 하고 말할 때
그가 살아 있는 건 나뿐이라고 생각하니 나는 웃음이 떠오
르지요.

프랑스 피레네 산록에서 시골사람들과 어울려 살며 자연과 동물, 농민과 신을 노래한 시인 프랜시스 잠. 그는 순박, 온유, 겸손의 상징인 나귀를 사랑하며 나귀를 타고 다녔다. 가슴으로 느끼는 진실을 단순하고 천진하고 따스한 마음으로 표현하였다. 그 뒤에 배어 있는 일말의 불안과 우수, 외로움, 슬픔, 영원을 향한 그리움. 같은 물건을 보더라도 사람에 따라 느낌이 이렇게 다를 수 있다는 것을 이 시는 몸소 보여주고 있다. 살면서 아름다움을 보는 안목과 감각을 틔워가는 일만큼 중요한 것도 없다는 생각을 해본다. 아름다움을 보고도 아름답다 못 느끼는 사람이야말로 정말 불행한 사람이 아닐까.

깊이 생각하지 말아요, 괜찮아요

밥 딜런

곰곰이 생각해도 이젠 별것 아니죠.
곰곰이 생각해도 아직 깨닫지 못했다면
정말 소용없어요.
동 트고 닭 울면 창 밖을 보세요, 떠나는 내 모습을.
당신 때문에 떠나는 나를.
깊이 생각하지 말아요, 괜찮아요.

불을 밝혀도 난 볼 수 없어요.
불을 밝혀도 난 어두운 길 위에 서 있을 뿐.
내 마음을 돌릴 뭔가를, 당신의 어떤 말을
난 기다렸는지 몰라요.
하기야 우린 많은 이야기를 나눈 적도 없으니
깊이 생각할 것 없어요, 괜찮아요.

내 이름을 불러도 이젠 소용없어요.
한 번도 그런 적 없으니 내 이름을 불러도
이젠 내 귀에 들리지 않아요.
길을 가며 나는 생각하고 또 생각하죠.
나 한때 사랑했던 그대,

날 아이라 불러 주었던 여인을.
난 그녀에게 내 마음을 주었지만
그녀가 원했던 건 나의 영혼.
깊이 생각하지 말아요, 괜찮아요.

나는 걷고 또 걷지요.
이 길고 외로운 길을
어디로 가는지도 모르는 채
하지만 안녕이란 말은 너무 달콤해.
그러니 그냥 잘 있으라 말할게요.
당신에게 섭섭한 건 없어요.
물론 더 잘할 수도 있었겠지만
이젠 상관없죠.
단지 내 소중한 시간이 아까울 따름
그러니 그대여
깊이 생각하지 말아요, 괜찮아요.

원곡명 「Don't Think Twice, It's All Right 」

124

우연히 오다가다 만나는 아름다운 풍경처럼 사람도 그렇게 서 있다는 느낌이다. 우리가 풍경을 가질 수 없듯이 사람도 소유할 수 없는 것. 하지만 정이란 게 그리 간단한가.

"연애를 하게 되면 남자는 거기에다 캠프를 치고 싶어하는데, 여자들은 집을 짓고 싶어한다"는 말도 생각난다. 맞기도 하고, 요즘은 아니기도 하다. 로맨스로 끝나기 아쉬우면 프랜드십으로 가는 경우도 봤는데, 두 사람 팔이 다 고무줄로 되어 있었다. 아주 탄력적인. 헤어진다는 건 맥주 같은 바다를 하염없이 마시는 거. 인연은 그뿐인 거고, 옛사랑이 잘 살아주면 고마운 거다. 시간이 아까울 게 뭐 있나. 어차피 기대감은 엄청난 슬픔과 스트레스를 준다. 누굴 만나든 사람에게 큰 기대를 안 하는 게 만남을 기쁘게 한다.

바람만이 아는 대답

밥 딜런

그를 사람이라 부를 때까지
그는 얼마나 많은 길을 걸어야 하나.
흰 비둘기가 모래에 잠들 때까지
얼마나 많은 바다를 날아야 하나.
포탄이 영원히 멈출 때까지
얼마나 많은 싸움터를 날아야 하나.
그가 하늘을 볼 때까지
얼마나 많이 올려다 봐야 하나.
그가 사람의 소리를 들을 때까지
얼마나 많은 귀를 가져야 하나.
너무도 많은 이가 죽었다는 걸 알 때까지
얼마나 더 많은 죽음이 있어야 하나.
그 대답은,
친구여,
바람만이 알고 있겠지.

원곡명 「Blowing in The Wind」

평생을 아름다움을 찾고 알리다 간 혜곡 최순우 선생의 말씀
이 생각난다. "아름다움은 그냥 오지 않는다. 아름다움의 '아
름'은 알음이자 앓음이다. 앓지 않고 아는 아름다움은 없다."
그렇게 사람이 되기까지, 전쟁이 멈추기까지, 진실을 깨닫기까
지 우리는 얼마나 아프고 앓아야 하나. 60년대 지식인과 청년
의 대변자이자 희망을 노래한 밥 딜런, 그의 노래말은 그야말
로 시다.

감각

A. 랭보

검푸른 빛으로 짙어가는 여름 해질녘,
보리 날 쿡쿡 찔러대는 오솔길로 걸어가며 잔풀을
내리 밟으면, 꿈꾸던 나도 발밑에 그 신선함 느끼겠지.
바람은 나의 얼굴을 스쳐가리라.
아, 말도 않고 생각도 하지 않으리.
그래도 한없는 사랑은 영혼에서 솟아나리니
나는 이제 떠나리라. 방랑객처럼
연인을 데리고 가듯 행복에 겨워, 자연 속으로.

고풍스러운 나의 스무 살로 돌아간다.

스무 살을 세월에게 내준 기분을 음미한다.

그 옛날, 남자보다 '자유'에 목말랐던 스무 살이 휘날린다.

랭보의 「감각」을 내 노트에 써준 친구가 생각나고,

그 시간 그때의 다방이 기차처럼 덜컹거린다.

그렇게 하나의 시, 하나의 노래는 고고학적으로

사라진 사람, 사라진 유물을 발굴한다.

삶

고은

비록 우리가 가진 것이 없더라도
바람 한 점 없이
지는 나무 잎새를 바라볼 일이다.
또한 바람이 일어나서
흐득흐득 지는 잎새를 바라볼 일이다.
우리가 아는 것이 없더라도
물이 왔다가 가는
저 오랜 썰물 때에 남아 있을 일이다.
젊은 아내여
여기서 사는 동안
우리가 무엇을 가지며 무엇을 안다고 하겠는가.
다만 잎새가 지고 물이 왔다가 갈 따름이다.

또 하루가 알 수 없는 힘에 밀려 사라진다. 그래, 다만 잎새
가 지고 물이 왔다가 가는 게 인생이지. 살아서 무얼 가지며 무
얼 안다고 떠들겠는가. 이것을 깨닫기 위해 그토록 욕망에 떨
며 헤매었구나. 시인의 뛰어난 직관을 통해 얻은 깨달음의 아
름다운 흐느낌 소리, 내 안에 깊게 번져간다. 분명한 나의 존재
감을 느끼며 거울처럼 맑고 산뜻한 기분에 사로잡힌다.

빵에 대하여

송찬호

고운 설탕 가루 반짝이는 빵 속은 밝고 따스합니다
우리들의 체온으로 만든 우리들의 빵입니다
말랑말랑한 공기가 지붕처럼 둥글게 부풀고 있습니다
빵 속에는 온 식구가 모여 앉아 있습니다
그 속에는 먹을 것 입을 것 없는 게 없습니다
식구들이 하염없이 웃고 있습니다
웃는 표정이 더욱 푸짐해 보입니다
그러나 손을 내밀 수 없습니다 소리쳐도 들리지 않을 겁니다
여기의 추위를 어떻게 전해줄 수 있을는지요
나는 그들의 식구가 아닙니다

마지막 성냥을 켰습니다 방이었습니다
옷 몇 가지로 불빛을 가린 작은 방이었습니다
한 여자가 웅크리고 누워 있었습니다
품 속 깊이 자궁 하나 묻고 한 여자가 죽어가고 있었습니다
가난에 성욕마저 빼앗긴 추운 밤이었습니다
허기로 몸 일으켜 세우고
마지막 성냥을 켜들고
깊은 밤 한 여자 속으로 들어갔습니다

빵집 앞에서 간간이 발길을 멈추고 서성인다. 수북하게 부풀어오른 빵을 보면 기쁜 일이 계속될 것 같은 기분에 휩싸여 나도 모르게 누군가를 기다린다. 기쁜 일을 함께 나누고 싶어서, 외로움을 함께 껴안고 싶어서. 봄향기 가득한 빵같이 살면 평생 춥지 않을 거라고, 사랑도 변치 않을 거라고, 그렇게 빵은 함께 나눌 사랑이 되기 위해 오늘도 환한 불빛을 켜들고 있다.

공존

틱낫한

 당신이 만약 시인이라면 당신은 분명 이 한 장의 종이 안에서 구름이 흐르고 있음을 보게 될 것입니다. 구름이 없으면 비가 없고, 비가 없으면 나무가 자랄 수 없습니다. 그리고 나무가 없으면 우리는 종이를 만들 수 없습니다. 종이가 존재하려면 구름이 반드시 있어야 합니다. 만일 구름이 이곳에 없으면 이 종이도 여기에 있을 수 없는 것입니다. 그러므로 구름과 종이가 서로 공존하고 있다고 말할 수 있습니다.

 이 종이 안을 더욱더 깊이 들여다보면 그 안에서 햇빛을 보게 됩니다. 햇빛이 그 안에 없다면 숲은 성장할 수 없습니다. 사실은 아무것도 자랄 수가 없습니다. 그러므로 우리는 햇빛이 종이 안에 있음을 봅니다. 종이와 햇빛은 서로 공존하고 있습니다. 또 계속 바라보면 우리는 그 나무를 베어 그것을 제재소로 운반해간 나무꾼을 봅니다. 그리고 우리는 밀가루를 봅니다. 그 나무꾼이 빵을 매일 먹지 않고는 살 수 없음을 보게 됩니다. 그러므로 그 빵을 만드는 밀가루를 이 종이 안에서 봅니다. 그리고 그 나무꾼의 아버지와 어머니가 그 안에 있음을 봅니다. 우리가 이런 식으로 바라볼 때 이 모든 것이 없으면 이 한 장의 종이가 존재할 수 없음을 보게 됩니다.

 더욱더 깊이 들여다보면 우리가 그 안에 있음을 봅니다. 그렇게 보는 것이 어렵지 않으니, 우리가 그 종이를 보고 있을 때 그 종이는 우리 지각의 일부인 것입니다. 당신의 마음과 내 마음이 이 안에 있습니다. 그러므로 모든 것이 이 종이와 함께 있다고 할 수 있습니다. 이곳에 있지 않은 것 하나도 지적할 수가 없습니다.

시간, 공간, 지구, 비 그리고 땅 속의 광물질, 햇빛, 구름, 강, 열, 그 모든 것이 이 종이와 공존합니다. 당신은 홀로 존재할 수 없습니다. 당신은 모든 다른 것들과 공존해야만 합니다. 모든 다른 것들이 존재하기 때문에 이 종이 한 장이 존재하는 것입니다.

가령 우리가 이중 하나를 그 근원으로 돌려보낸다고 생각해봅시다. 햇빛을 해에게로 돌려보낸다고 해봅시다. 그렇다면 이 종이가 있을 수 있을까요? 아닙니다. 햇빛이 없으면 아무것도 있을 수 없습니다.

만일 우리가 나무꾼을 그 어머니에게로 돌려보낸다면 우리는 종이를 가질 수 없습니다. 사실 이 종이는 종이가 아닌 요소로 만들어져 있습니다. 우리가 이들 종이가 아닌 요소를 그 근원으로 돌려보낸다면 종이는 존재할 수 없습니다.

마음, 나무꾼, 햇빛 등 종이가 아닌 요소들이 없으면 종이가 존재할 수 없습니다. 이렇게 얇은 종이 안에 이 우주의 모든 것이 담겨 있습니다.

바람 부는 소리를 듣는 게 좋다. 오후 햇살을 받으며 걷는 게 좋고, 방금 까먹은 귤이 좋고, 커피가 좋고, 누군가와 손잡고 걷는 게 좋다. 때로 나는 비관주의자가 되지만 이 세상 모든 게 좋다. 나는 나만이 아니다. 세상 모든 것과 함께 살고 죽듯, 보이지 않는 손과 손이 이어져 있는 것이다. 애정이 있어야 손을 잡듯이 함께 산다는 건 특별한 의미가 있다. 이 점을 잊지 않으면 인생에 대한 불평이 없어지고, 아주 각별한 하루를 살게 되지.

베트남 출신의 틱낫한 스님의 글은 아주 부드럽고, 쉽고, 설득력이 뛰어나 나와 남이 둘이 아니라는 자타불이, 자타일여 사상을 보여준다. 읽을수록 내가 범우주적으로 변하는 기분이다.

돌 하나, 꽃 한 송이

신경림

꽃을 좋아해 비구 두엇과 눈 속에 핀 매화에 취해도 보고
개망초 하얀 간척지 농투성이 농성에 덩달아도 보고
노래가 좋아 기성화 장수 봉고에 실려 반도 횡단도 하고
버려진 광산촌에서 중로의 주모와 동무로 뒹굴기도 하고

이래서 이 세상에 돌로 버려지면 어쩌나 두려워하면서
이래서 이 세상에 꽃으로 되었으면 꿈도 꾸면서

누군가는 한 시인의 시를 따라 방랑을 꿈꾸고, 손바닥에 물
드는 봄, 여름, 가을, 겨울의 향기를 맡는다. 떠돌 수 있는 상
황은 아니라도 꿈꿀 수 있는 이 상태, 아주 괜찮은 인생이라
생각한다. 자신을 위한 일이 누군가를 위한 일이 되는 시인의
여정도 아름답다. 시인의 낮은 목소리가, 따사롭고 은은한 마
음이, 눈물에 약한 인정이, 행간마다 반짝인다. 야산에 핀 들
국화처럼 허허롭게 사람을 반겨준다.

일용할 양식
— 알레한드로 감보아에게 바침

세사르 바예호

아침은 마시는 것. 묘지의
젖은 흙은 사랑하는 이의 피 냄새.
겨울 도시…… 마차는 날카롭게 길을
건넌다. 계속된 굶주림을
겪은 마음이 끌고 가듯.

문이란 문 모두 두드려,
모르는 사람일지라도 안부를 묻고 싶다. 그리고,
소리없이 울고 있는 가난한 이들을 돌아보고
모두에게 갓 구운 빵조각을 주고 싶다.
한 줄기 강렬한 빛이
십자가에 박힌 못을 빼내어
거룩한 두 손이
부자들의 포도밭에서 먹을 것을 꺼내오면 좋으련만.

아침에는 눈이 제발 떠지지 말기를!
주님!
우리에게 일용할 양식을 주옵소서!

내 몸의 뼈 주인은 내가 아니다.
어쩌면, 훔친 건지도 모른다.
아니면 다른 이에게 할당된 것을
빼앗은 건지도 모른다.
내가 태어나지 않았더라면,
나 대신 다른 가난한 이가 이 커피를 마시련만.
나는 못된 도둑…… 어디로 가야 한단 말인가.

이 차가운 시간, 땅이
인간의 먼지로 변하는 서글픈 시간,
문이란 문은 모두 두드려,
누구에게든 용서를 빌고 싶다.
그리고, 여기 내 마음의 오븐에서 구워낸
신선한 빵조각을 건네주고 싶다.

고혜선 옮김

굶주려봐야 굶주린 사람의 심정을 알고, 아파봐야 아픈 이
에게 따뜻한 손이 다가간다. 자신의 괴로움을 통해 타인에 대
한 배려와 자비심이 샘솟을 것이다. "소리없이 울고 있는 가난
한 이들을 돌아보고 모두에게 갓 구운 빵 조각을 주고 싶다"는
시인의 마음. 그지없이 선하고 아름다운 혼의 메아리가 그칠
줄을 모른다. 일상어를 시어로 흡수, 승화시킨 중남미 시 개혁
의 기수 세사르 바예호. 45세로 요절하기까지 그의 삶은 가난
과 비극과 계속된 투쟁의 삶이었다.

노상에서의 편지

파블로 네루다

안녕. 하지만 너는
나와 함께 살 거야, 내 속에
내 혈관에 돌아 흐르는 핏방울 속에 숨어
아니면, 밖으로 내 얼굴을 불태우는 입맞춤
내 허리를 휘감는 불의 띠가 되어
너는 나와 함께 갈 거야.
사랑하는 사람아, 부디 내 생명의
밑바닥에서 나온 이 크막한 사랑을 받아,
네 속에서 영토를 찾지 못하고
빵과 꿀의 섬들 속에
길 잃은 개척자의 사랑.
내가 너를 발견한 건 그 뒤의 일이었어,
폭풍우 뒤,
빗줄기가 대기를 씻더니
물 속에
너의 예쁜 발이 물고기처럼 빛나지 않겠어.

사랑하는 사람아, 나는 나의 전쟁터로 떠난다.

땅을 후벼파 너에게 굴을 하나 만들어줄게
그리고 거기서 너의 '선장' 은
침상에 꽃을 놓고 기다릴게.
더이상 생각 마, 내 사랑아,
우리 사이 지나간
폭풍,
성냥불처럼
어쩌면 잠깐 데인 자국을 남기고 떠나간 일.
평화는 왔지, 이제 내 다시
나의 조국으로 싸우러 돌아가니까.
네가 내게 준 피 몇 방울로
내 심장은 뿌듯하다
영원히
그리고
너의 벌거숭이 존재로 가득한
나는 나의 손을 데불고 가,
자, 보라구,
날 보라구,
내가 바다로 가면 광휘에 휩싸이지?

보라구, 바다와 밤은 너의 눈동자야.

너를 떠나지만 너를 헤어나지는 못해.

자, 내 얘기를 들어봐:

내 조국은 당신 것이 될 거야,

내가 정복할 테니까,

너에게 주려고만 하는 게 아니라

우리 모두에게 줄 거야

모든 내 사람들에게.

언젠가 그 도둑놈도 성곽에서 나오겠지.

그리고 침략자도 추방될 거야.

생명의 모든 열매들이

전에는 화약냄새에만 젖어 있던 열매들이

이젠 내 손에서 자랄 거야.

난 이제 새 꽃잎들을 어루만져줄 줄도 알아

네가 내게 사랑을 가르쳐주었으니까.

예쁜 사람아, 내 사랑아,

너도 나와 함께 싸우러 가는 거야, 몸과 몸으로

내 심장 속에 너의 입맞춤이

붉은 깃발처럼 살아 있거든.

내 쓰러지는 날
흙만이 나를 감싸주는 게 아닐 거야
나를 여기까지 이끌어온 이 크막한 사랑
내 피 속을 맴돌며 살아온 사랑이
나를 껴안아줄 거야.
너는 나와 함께 가는 거야
그때가 되면 기다려
그때만 아니라 어느 때나
어느 때나 너를 기다리고 있을게.
그리고 내 그토록 싫어하는 슬픔이
행여 너의 방문을 노크하거든
말해, 내가 너를 기다리고 있다고.
행여 고독이 너더러 바꾸라고
내 이름이 씌어진 그 반지를 바꾸라고 하거든
고독더러 말해, 이야기는 나하고 하라고,
그리고 나는 떠났어야 했다고
나는 군인이라고. 그리고 내 있는 곳
빗줄기 아래건
불길 아래건

사랑하는 사람아, 내 기다리고 있어
가장 무서운 사막이라 할지라도
꽃핀 레몬
꽃핀 레몬나무 옆에는
내가 너를 기다리고 있어:
이 세상 모든 곳, 삶이 있는 곳
봄이 피어나고 있는 곳에는
사랑하는 사람아, 내가 너를 기다리고 있어.
행여 누가 "그 사람 널 사랑하지 않아" 하거든, 생각해
그 밤 내 발은 외로울 거라고, 내 그토록
사랑하는 곱고 작은 네 발을 찾으며.
사랑하는 사람아, 행여 누가
내 너를 잊었다고 하면, 심지어
내가 네게 그런 소리를 해도
내 그런 소리할 때
날 믿지 마,
누가 어떻게
내 가슴속에서 너를
잘라낼 수가 있겠어,

너를 향해 피흘리며 가는
내 피를 또
누가 맞으라는 거야.
하지만 그러나 또한
난 내 사람들을 잊을 순 없어.
돌부리마다
거리마다 싸우러 갈 거야.
너의 사랑이 날 도웁고 있어:
그건 꼭 머금은 꽃송이 같아서
갈수록 향기가 내 가슴을 채워.
그러다 갑자기 꽃이 피면
그건 내 속에 피는 크막한 별.

사랑하는 사람아, 밤이야.

검은 물이, 잠든
세상이 날 에워싸는구먼.
곧 여명이 오겠지,
우선 그동안 내 너에게 편지를 쓰고 있어

"너를 사랑해" 이 소리를 하려고.

"너를 사랑해" 이 소리는

내 가장 가까운 사람아

가꾸고, 닦고, 일으키고

지키라는 거,

우리의 사랑을.

씨를 뿌린 한 줌 흙을 남기듯

난 네게 사랑을 맡기고 떠난다.

우리의 사랑에선 생명이 싹틀 거야.

우리의 사랑을 마시고 생명은 자랄 거야.

언젠가 때가 오면

우리와 똑같은

한 남자, 그리고 한 여자가

우리의 이 사랑을 만지겠지. 그때도 우리 사랑은

힘이 있을 거야, 만지는 손을 불태울 만큼.

우리가 누구였던가? 그게 무슨 상관이야?

이 불길을 만지겠지

그리고 그 불길은, 아름다운 사람아, 소박한 너의

이름을 말해줄 거야

그리고 내 이름도, 너만 혼자 아는
너만 혼자 알았던, 지상에서
내가 누군지 너 혼자만 아는
그 이름. 아무도 나를 그토록 안 사람이 없었기에
너의 손 하나처럼
아무도
어떻게, 언제
내 가슴이 불타고 있었는지
만져 본 사람이 없었기에.
오직
너의 가무잡잡한 큰 눈이
너의 넓은 입,
너의 살결, 너의 가슴,
너의 배, 너의 뱃속이
나를 알기에,
내가 잠깨운 너의 영혼이
인생의 마지막까지 노래하며
남아 있으라고
잠깨운 너의 영혼이

나의 불길을 알기에.

사랑이여, 내 너를 기다리고 있노라.
사랑이여, 안녕, 내 너를 기다려.
사랑이여, 사랑이여, 내 기다리고 있어.

그리고 이렇게 해서 이 편지는 끝난다
한 자락 슬픔도 없이:
내 발은 굳굳이 땅을 밟고 섰고,
내 손은 길에서 이 편지를 쓴다.
나의 삶 속에서 난
항상
동지와 있거나, 적과 맞서고 있거나
내 입에 네 이름과
한 번도 네 입을 떠난 일이 없던
입맞춤 하나를 지니고 살리라.

민용태 옮김

"가장 시와 밀접한 것은 빵 한 조각이요, 질그릇 접시요, 서투른 솜씨로나마 정성스럽게 다듬은 한 조각의 나무다. (…) 시인의 임무는 적어도 모든 사람을 위한 개인적 노력이다. (…) 영감에 들뜨지 말고 이성에 의해 인도받아 한 걸음 한 걸음 좁은 길을 내려가야 했다. 겸손을 배워야 했던 것이다."

네루다의 말들은 내 몸을 뚫고 가는 빛이었다. 네루다는 나를 시인으로 이끈 참스승이었다. 네루다를 모르고 죽는 사람들은 억울해서 어쩌나 싶을 정도. 하나님을 사모하고, 부처님을 알고, 대자연의 섭리를 통해 인생을 깨닫고 간다 말하시면 할말은 없지만 말이다. 온 산하가 붉게 물드는 어느 날, 네루다를 읽으며 가슴을 단풍색으로 가득 물들이는 사람을 그려본다.